Tramas de meninos

João Anzanello Carrascoza

Tramas de meninos

Contos

ALFAGUARA

Copyright © 2021 by João Luis Anzanello Carrascoza

Grafia atualizada segundo o Acordo Ortográfico da Língua Portuguesa de 1990, que entrou em vigor no Brasil em 2009.

Capa
Elisa von Randow

Imagem de capa
De ponta cabeça, Sandra Jávera, 2020. Bordado em guardanapo de algodão, 37 × 37 cm, acervo da artista

Preparação
Fernanda Mello

Revisão
Luciane H. Gomide
Jane Pessoa

Os personagens e as situações desta obra são reais apenas no universo da ficção; não se referem a pessoas e fatos concretos, e não emitem opinião sobre eles.

Dados Internacionais de Catalogação na Publicação (CIP)
(Câmara Brasileira do Livro, SP, Brasil)

Carrascoza, João Anzanello
   Tramas de meninos : Contos / João Anzanello Carrascoza. — 1ª ed. — Rio de Janeiro : Alfaguara, 2021.

   ISBN 978-85-5652-116-3

   1. Contos brasileiros I. Título.

21-57093   CDD-B869.3

Índice para catálogo sistemático:
1. Contos : Literatura brasileira   B869.3
Cibele Maria Dias – Bibliotecária – CRB-8/9427

[2021]
Todos os direitos desta edição reservados à
EDITORA SCHWARCZ S.A.
Praça Floriano, 19, sala 3001 — Cinelândia
20031-050 — Rio de Janeiro — RJ
Telefone: (21) 3993-7510
www.companhiadasletras.com.br
www.blogdacompanhia.com.br
facebook.com/editora.alfaguara
instagram.com/editora_alfaguara
twitter.com/alfaguara_br

Sumário

Primeiros fios

Começo, 9
Quem?, 17
Os dois, 29
Em terra, 39
Relva, 45
Separação, 51
Pedaços, 57

Segundos fios

Linho, 65
Chão, 69
Nuvem, 79
Presentes, 91
Negócios, 95
Vidente, 101
Últimas, 109

PRIMEIROS FIOS

Começo

Era naquela hora que começava. Eu sentia. Meio da tarde, domingo. Às vezes tínhamos ainda algum tempo para gastar juntos, quando então eu fazia um café e nos sentávamos nas cadeiras da varanda, perguntando um ao outro algo que havíamos esquecido — ou fingíramos esquecer — durante o fim de semana. Éramos (somos) tão parecidos, ambos deixando para o último instante as únicas palavras que poderiam nos salvar da distância em que vivíamos e amenizar a saudade entre pai e filho.

Também às vezes, só para me agradar, pois não se interessava mais por futebol como em menino —- eu amava aquele tempo que jogávamos bola no quintal e o deixava me driblar —, ele resolvia ficar até o final do jogo sentado ao meu lado no sofá, comemorando um gol aos brados enquanto eu o observava em silêncio, tão crescido dentro de mim. Era naquela hora que começava.

Mesmo quando ele, como acontecera numa ocasião, por conta de uma pane no motor do carro, anunciou que iria embora só na segunda-feira pela manhã, eu senti, como sempre, que naquela hora, a tarde de domingo ainda exuberante de sol, naquela hora é que começava — e, depois, não havia nada que a interrompesse, nem mesmo a sua presença viva, por mais alguns momentos, em casa, comigo. Nem mesmo os planos que fazíamos com sincero contentamento para o próximo encontro — eu já grávido da esperança de revê-lo no mês seguinte, se o destino não nos punisse com os seus imprevistos — podiam deter em mim a força irreversível daquele começo.

Era assim: ele — já um homem —, vivendo na capital, vinha me visitar de tempos em tempos, seguindo as datas de um calendário que só existia em nós, e cujo desfolhar nem sempre nos coincidia; e não porque, em vez de viver a minha vida sem ele, eu vivesse apenas a esperá-lo, mas porque quem espera jamais tomará o lugar de quem vai chegar.

Atravessávamos aqueles dias comentando as notícias que flutuavam sob a superfície do mundo, preparando e comendo as refeições juntos, relembrando episódios de sua infância, a época em que ela, a mãe, se foi, e ele perguntou, *Então morrer é isso, pai?*; *Sim, filho, morrer é isso, a gente vai um pouco embora com quem morre*; nós dois ali, fazendo coisas banais, que, no fundo, disfarçadamente, iam nos levando ao núcleo de nossa existência.

Dessa vez sucedera o mesmo, desde que ele estacionara em frente de casa, na noite de sexta, depois de viajar horas e horas até se materializar diante da porta, que eu lentamente abri — o vulto esguio semelhante ao meu; o rosto que, mesmo à contraluz, não escondia uns traços dela, mãe —, a lua lá no fundo do céu para além de sua cabeça, *Oi, pai*, e eu, *Oi, filho, entre, fez boa viagem?*, um abraço ligeiro, os corpos a fugir um do outro, porque, quando estamos plenos de alguém, um simples abraço pode nos fazer transbordar, rompendo o equilíbrio alcançado, aflitivamente, graças aos vazios que a separação e os dias nos deixam.

Ele havia comido sanduíche num posto da estrada e, como sempre, trazia a maleta à mão, não precisava de nada, a não ser a toalha (que eu colocara sobre a sua cama), o banho rápido e o sono em seguida, *Boa noite, pai*; *Boa noite, filho*; e era assim o reencontro, quase um nada, não fosse eu me sentar na poltrona da sala, no escuro, para ouvir o rumor de sua respiração — uma vida gerada por outra e que, então, em sentido inverso, também gerava a anterior.

O sábado era, enfim, o dia da entrega, de nos acercarmos ao máximo um do outro, pela partilha do mesmo espaço — a ausência dispensava qualquer aproximação, nela já vivíamos colados —, a casa onde nossa história estava impregnada nas paredes, nas gavetas, abaixo do assoalho. Lá ficávamos, sentados na cozinha, ou na sala, sem nada fazer senão falar das coisas que nos vinham à memória — ele, dos progressos no trabalho; eu, de uma nova loja na cidade —, não porque fossem assuntos urgentes, era apenas o nosso jeito (talvez o de todo mundo) de esquecer provisoriamente a certeza da finitude. Um dia não estaríamos mais ali; mas enquanto estávamos, podíamos usar as palavras — para isso haviam sido inventadas —, podíamos com elas disfarçar a alegria quase insuportável de ter de novo, à nossa frente, um ao outro.

E se as palavras, chamadas para acender as nossas conversas, serviam também para calar o que sentíamos, nossos atos diziam o mesmo, embora o que não diziam fosse igualmente expressivo. Saíamos pela cidade, a caminhar a pé pelas ruas, pisando nas pequenas ilhas de luz que se formavam no asfalto quando o sol atravessava a folhagem das árvores, para fazer compras no mercado municipal, ou apenas para sair de casa e viver juntos o mesmo momento, era só isso que interessava, eu com meu filho, sem precisar dizer nada, o rosto de ambos já o dizia — *Vejam, esse saiu daquele, mas os olhos são da mãe* —, e ele, também, bastando-se, sereno, por estar à direita do pai.

Depois do almoço, permanecíamos em casa, cochilando, eu me pegava a ler o jornal, enquanto ele assistia a um filme na tevê, os dois quietos, informando um ao outro, assim, a satisfação de estar ali — ao menos, era o que eu sentia —, *É bom ter você em casa, filho*; *Já não é a minha casa, pai, mas aqui estou por você*. Ou, então, íamos visitar algum parente, com quem ele, em conversa, acabava por contar fatos que talvez eu não soubesse de outra maneira.

À noite, pedíamos por telefone esfihas e cerveja; se fazia calor, ficávamos no quintal, a lua sobre nossa cabeça, silenciosa como os vasos de antúrio rente ao muro que antes, cuidados por ela, a mãe, eram mais viçosos. O que eu podia querer, além daquelas horas com ele? Ela, de volta? Ela se fora e jamais voltaria; mas ela estava ali, na curva do queixo dele, no modo como olhava o mundo, na leveza dos seus gestos.

Ele se erguia, andava até o muro, debruçava-se para ver as casas iluminadas tremulando lá adiante, um carro a passar na rua. Eu, entorpecido pelo álcool e pela comida — e muito mais por sua visita —, fechava os olhos, fingia dormir para sentir aquele braço de existência que saíra de mim e, sozinho, regia o próprio curso.

No domingo, eu despertava ensolarado, tinha toda a manhã para desfrutar de sua companhia, embora nem sempre ele se levantasse cedo, o que não importava — desperto ou no sono, ele estava à minha mão, e senti-lo ali, respirando entre as mesmas paredes, tornava-o mais forte em mim.

Logo seria a hora do almoço. Era eu quem temperava a pequena peça de carne, e ele quem, depois, vigiava o único espeto, nós dividindo as tarefas e os pães de alho — ele preferia os mais queimados, como a mãe. Eu gostava de vê-lo comendo devagar, dizendo sim à vida, os dois no quintal, cada um com todos os seus dias no corpo que se sentava, se deslocava, dizendo, *Estou aqui, pai*; *Estou aqui, filho*; *Estamos, estamos só mais um pouco*; *Mas agora é que conta, e, agora, aqui estamos...*

Lavávamos a louça e a deixávamos no suporte sobre a pia a secar com o vento que entrava pela janela da cozinha. Ficávamos, então, dispersos pela casa, e era aí que começava, eu sentia. Começava, mesmo se ele pegasse, como agora, uma revista para folhear, demorando-se para arrumar a maleta, fingindo que a despedida seria só mais tarde, que não devíamos antecipá-la, o seu tempo, inevitavelmente, chegaria e aí, sim, seria a sua hora em nós. Mas era domingo, meio da tarde, e ela começava: a saudade. A saudade, que ia se estender pelo mês inteiro — e só se reduziria quando meu filho retornasse numa nova visita. Era naquela hora que começava: com ele ainda aqui, na sala, diante dos meus olhos.

Quem?

Os quatro

... não, não podia ser, se as lembranças vinham em pedacinhos, misturadas como sol e sombra, as boas e as más, aquela ia ser uma que não fazia parte desse mundo, a notícia chegava, na voz do policial rodoviário, de um território de fábulas, uma hipótese impensável pra qualquer um da família, tanto que ele, o celular colado à orelha, ouvia as perguntas e as respondia como se falassem com outra pessoa, não, não era verdade, tinham saído os quatro ainda há pouco, iam ao pico do Selado, só pra ver lá de cima a cidade, tão lindo o dia sem a cortina das nuvens, e o vento trazendo o cheiro de ervas, e ele, não, a mente rebobinando, podia vê-los à mesa, ainda agora, vimos, o pai na cabeceira, bebericando o copo de limonada, a sorrir, o pai, começo de todos, e o tio, o tio ao lado dele, quase sósia, não fosse a cicatriz

na testa, o coice de um potro nos tempos de peão,
e a irmã, que era antes de tudo aqueles olhos azul-
-turquesa, e só depois era o rosto a cintura o corpo
inteiro, e o menino, estômago em redemoinho, o
menino, o seu menino, meu Deus, só nove anos,
não, não podia ser, a realidade tremia inteira nele,
não se ajustava ao vaivém de sua respiração, não
podia ser, o pai, o tio, a mana, o filho, eram e não
eram eles, sim, confirmo, mas deve ser um engano,
domingo, a vida total, fechada pra maldades, era
domingo e não segunda-feira, como se o destino
atuasse apenas durante a semana, coisas ruins só
a partir de amanhã, e o policial não, desculpe,
senhor, é isso mesmo, desossando-lhe a razão, e,
pior, destripando-lhe a esperança, não podia ser,
domingo, a mãe tinha ido dar um cochilo, só pra
aquietar o coração às tampas de alegria, os filhos
e as noras e os netos estavam ali, haviam chegado
ontem, pro aniversário dela, a mãe, a mãe, podia já
ouvir os gritos dela, de parto às avessas, quando a
avisassem, fosse quem fosse, porque dali em diante a
memória iria arder inteiramente, a qualquer hora, até
quando aspirassem o ar fresco da manhã, até quando
estivessem felizes por um instante, enganando sem
querer a realidade, não, ninguém mais, entre todos,
espalhados pela casa, ninguém, os ventres pesados de

macarronada e pernil, teria paz na vigília dos dias, iriam todos desejar visceralmente a noite pra cair logo no sono, só aí poderiam esquecer o pesadelo que, a partir dali, se iniciaria todas as manhãs, ao abrirem os olhos, aquela notícia, não fossem eles tão demasiadamente unidos, deceparia, como um machado, a grossa vontade que possuíam de seguir vivendo...

O pai

... o pai, o pai era o tronco onde todos vinham se escorar, a mãe a terra fofa, sim, mas o pai o carvalho, resistente às agruras, e, apesar do passado seco, de camponês que arava solo de pedra, estava sempre rebentando em sorrisos, lá no seu fundo ele era nutrido pela seiva da generosidade, o pai, não, o pai indestrutível não podia ser anulado assim, sentado, talvez até dormindo, à direita do tio que dirigia o carro, embalado pelas rotações do motor, o policial dissera, somente um, os outros três no hospital, sim, vivos, mas um, ainda não sabiam qual deles, era bom que alguém da família viesse, acontecera na subida, colisão com uma caminhonete, mas quem?, quem?, não podia ser o pai, o pai não, o pai era todo sim, daquele jeito silencioso, o pai não usava uma palavra pra doer em ninguém, mesmo se quisesse, e as palavras vindas dele, até as doces, eram mais fortes que as suas mãos, ele se lembrava de quando brincava com as mãos do pai, o dedo correndo por aqueles sulcos que nelas a enxada tinha lavrado, o pai quem degolava os frangos, quem matava os leitões, quem fatiava a carne, o pai quem batia a massa quando a mãe queria assar um pão mais leve, o pai o menos faminto, o que se bastava com quase nada, o canto dos sabiás à janela e os filhos ao redor com suas dúvidas todas, e o pai à espera de que as desenovelassem, pronto pra devolver a situação já analisada, o pai era do ato, não só da prece, à prece o pai somava os pés mesmo se descalços, nada vai pra frente, filho, sem a sua própria providência, e ele queria mais detalhes, agora a consciência sincronizada com a fala do policial, como se, ao saber dos detalhes, tivesse o poder de desfazer a ocorrência, como se a verdade pudesse ser recolhida e devolvida ao mundo das possibilidades, igual a água ao rio, não, o pai não, o pai colava o rosto ao rosto de seu menino, o neto querido, uma ponta e a outra da mesma linhagem, uma cena terna repetida ali minutos antes, sim, terna só pra ele, fio que ligava a história deste à daquele, porque cada um é só a sua própria dor, a do outro não lhe cabe, como não lhe cabe no pé o sapato largo ou apertado, o pai dizia, filho, o que é seu é seu, é obrigação do homem costurar a alma ao seu destino, com a agulha grande se costuram sacos de estopa, a pequena só serve pra cerzir tecidos finos, não, não podia ser o pai, a não ser que a batida tivesse sido do lado dele, assim, um impacto tão brutal, capaz de moer pele, músculos e ossos como se fossem da mesma consistência, embora não pudesse se equiparar, nem de longe, à força nefasta que aquele fato, saindo fresco na voz do policial, causaria na família: o dique de tranquilidade se estraçalhara...

O tio

... o tio, o tio também não, o tio demais querido, se o pai as mãos, o tio os olhos, ninguém via o mundo como o seu ver, tantas vezes as sementes esturricando ao sol, e os outros vendo todas iguais, uns grãos de cascalho, mortos, nada mais, só o tio tirando árvores delas, o tio via quando um deles estava se pelando, o mal a queimar em labaredas lá dentro, o tio logo percebia no meio das palavras, mesmo as lambuzadas de mel, aquela que carregava o vírus, e, então, então, com o jato de sua presença, o tio dizia, vem, vem aqui fora, na varanda, deixa eu te contar uma coisa, e aí ficava olhando lá no fundo do outro, à espera do fogo, ouvindo-o já a crepitar e acolhendo-o com o seu destilado silêncio, e o seu silêncio dizia, vamos, pode contar, e quem é que não gostaria de entregar suas brasas à água do tio?, não, não, o tio fazia a serra respeitar a madeira, não deixava criar lodo nas conversas, vamos mudar de assunto, dizia, se o conflito eclodia, pisar na mesma tecla abala o mecanismo e compromete toda a escrita, o tio sempre estivera na vida deles, como o dia e a noite, a cerca na paisagem, não pra impor limites, mas pra mostrar o que há no vão entre os arames, não, o tio dirigia tão bem, o tio quem ensinara alguns deles a guiar, botando-os no colo, segure firme a direção, segure firme, o tio via o mundo do jeito que o mundo não era, mas do jeito que deveria ser, os olhos já corrigindo os desníveis, a colocar um tom mais forte no azul do horizonte esmaecido, será que não tinha visto a caminhonete?, ou a caminhonete é que, seu guarda, não pode ser, mas o policial, habituado a esses sustos, as pessoas demoram pra aceitar a pedra da verdade, o nariz no vidro e se negam a aceitar a cena que transparece à sua frente, como não tinham visto?, como não veem?, é isso, aconteceu, meu senhor, desculpe o jeito, o policial, um arauto resignado, não, o tio não, o tio que amavam tanto, principalmente a mana, sua afilhada, o tio era outra versão do pai, mas sem o peso do pai, sem as ordens veladas do pai, o tio é quem enxergava a doença no berro dos bezerros, a morte no boi mais gordo, o tio, o tio foi quem vira nele, antes que o fosse plenamente, o escritor de hoje, não porque ele aprendera o abecê em tempo recorde na escola, um orgulho pra mãe, que lia tudo aos tropeços, gaguejando entre a palavra e a coisa por ela designada, ou porque o tio soubera dos bilhetes elogiosos da professora, esse menino já nasceu sabendo ler, não, o tio disse um dia na varanda, os parentes reunidos, sem saber que ele ouvia oculto pelas samambaias, olhem bem pra ele quando alguém conta uma história, dá pra ver que deseja mudar os fatos e o desfecho, ele quer mais dessa comida, sinal de que esse mundo não lhe basta, o tio, o tio havia dito a ele, são só vinte e seis letras, mas com elas você pode escrever todas as histórias, o tio não, o tio via lá adiante, cego era o motorista da caminhonete, e ninguém poderia deter um cego se Deus lhe retirara a vista e os freios, os freios...

A irmã

... não, a mana não, ela tão frágil, magrinha, quase sem matéria por baixo daquelas roupas largas, sempre se escondendo, como se houvesse outro lugar além de seu quarto onde ela pudesse estar, quando não estava mesmo nele, às vezes ela ali, só em corpo, igual uma flor fora da terra, sem vento pra mover seu caule, uma flor que eles costumavam tirar de seu canto, como um vaso, mal escutavam os trovões a prenunciar tempestade, ela se acomodara no banco de trás, ele se lembrava agora, será?, será que tinha sido ela?, a única mulher no carro, uma criatura fácil de se partir, um graveto, mas o policial não, não sabia, não fui eu, foram dois colegas meus que socorreram, mais frágil que a mana só mesmo o menino que se sentara junto dela pra acariciar os cabelos do avô, a mana não, a caçula da casa, a mãe não esperava mais vida saindo de si, gravidez tardia, como se o destino estivesse adiando a entrada dela neste mundo pra que encontrasse menos atrocidades por aqui, sobretudo aquelas cometidas sem revólver, faca, estilete, aquelas que vinham sufocadas por silenciadores, como os olhares e os sorrisos, a mana, que ao cruzar a sala não arrancava nenhum gemido do assoalho, nem estremecia os móveis ou rabiscava rachaduras nas paredes, a mana que não era caibro, viga, moirão, apenas ripa de apoio, mas sem ripa nenhuma cumeeira se sustenta, sem fresta no telhado nenhum raio de sol se infiltra, era uma bênção ter uma pessoa como a mana na família, com aquele seu jeito, subterrâneo, ela, desde criança, arriava a janela do quarto e ficava mirando a manhã lá fora, esperando o destino se revelar aos poucos dentro de seus olhos azul-turquesa, porque nada era de uma vez, de um gole único, pra ela, o inteiro não se faz inteiro num só olhar, a vista não alcança tudo numa vida, a mana não, a mana que vinha tomando lentamente o lugar da mãe na cozinha, pra mãe ainda se sentir solo fecundo, entregando à filha o segredo dos temperos, a alquimia dos molhos, o ponto certo das carnes, porque eles precisavam de alimento forte pros dias esperançosos do plantio, as tardes intermináveis da safra, as noites de temporal quando ficavam retidos nos atoleiros, a mana não, o policial insistia em falar dos três vivos, sim, nem poderiam imaginar se todos e não apenas um, mas quando existe amor não há como se comparar perdas, ele queria os quatro ali, na rígida configuração do presente, como minutos antes, a mana não, agora só faltavam dois meses pra ela se formar, pra começar a lecionar na escola, ela iria retirar a casca de ignorância das crianças da cidade e substituí-la pela delicada pele de suas lições, não, a mana não, o destino não podia cortar uma tira de seda com cacos de vidro...

O filho

... não, o menino não, só nove anos, meu Deus, queria que não tivesse entrado no carro do tio, mas ele mesmo, pai, quem o pusera no banco de trás, pertinho da mana, vai, filho, você gosta tanto de ir ao pico, aquela vista de calar qualquer pessoa, pela grandeza que oferecia aos olhos, o mundo quieto se fazendo lá embaixo, imperceptivelmente, como um brinquedo desligado, à espera do controle remoto pra colocá-lo em movimento, uma vista que ninguém podia ver sozinho, de tanto que aumentava a compreensão, ainda mais pra uma criança, de um ver ainda virgem, e ele pressionava com o ombro o celular à orelha, já quase a uivar pedindo ao policial que fosse mais exato, tinha um menino, como estava o menino?, e a voz do outro lado, não sei, senhor, só sei que me pediram pra avisar, três estão no hospital e um, não, não, o menino, não podia ser o seu menino, o que ia ser da mãe que o havia cultivado no solo de seu ventre e o colhido aqui, desse lado áspero, onde o dia e a noite se revezavam no transporte das dores cotidianas, ele se recordava da primeira vez que o levara ao pico do Selado, quase dois mil metros de altitude, filho, um mirante pela própria natureza, e o menino em êxtase mudo, um fascínio perigoso, um quase medo, como o sapo diante da serpente, encantado com o abismo do sublime, o menino lá, descobrindo que tudo aquilo já era dele, porque poderia ir sempre ali, pra olhar, e o que os olhos pegam se torna nosso e vai se misturar depois, nos forros da memória, a outros veres e haveres, não, o meu menino não, só uma criança, mas, é verdade, as crianças não sossegam em viagens, elas se viram e reviram, tiram o cinto de segurança, impacientes, perguntam sem parar, tio, falta muito?, vô, já chegamos?, pai, vai demorar?, não, meu Deus, que o menino tenha um caminho longo, os dias sem ele, todos, dali em diante, seriam como andar sobre um pântano movediço, nunca mais o sol seria só o sol, o futuro um sonho verde a madurar, a história só uma história, tudo se revestiria, até a sua medula, de negro, até o negro mais negro empalideceria com o espesso nanquim de sua ausência, tão parecido com ele era o menino, não, já uns e outros acordavam na casa com a exaltação de sua voz, impossível não captar nela o tremor sísmico, não, o menino não, só uma lei do cosmos, abjeta, pra implodir com aquele acidente a paz de uma família, o menino recebia o mundo com as mãos limpas, sem o barro deles, o menino fazia que esquecessem as horas áridas, as travessuras contra as pragas de insetos, a risada contra o murro na mesa, o menino não, o menino era a rama aprimorada, não, não podiam retirá-lo dali tão cedo, rasgando a vida do pai, da mãe, de todos, como uma folha de papel, não, o menino não, Deus não podia ter uma escrita tão diabólica, o menino não, e o policial, senhor, senhor, o menino não, não, não, não, o menino não, não, não, não...

Os dois

Não compreendi naquele tempo — eu menino — o mundo íntimo deles, do pai e da mãe, quando éramos, então, seis lá em casa. Até mesmo eu, o caçula, percebia como os dois trocavam, um com o outro, o sim pelo não. Como, mansos num instante, desigualavam-se com virulência noutro.

Nada acontecia de grande naqueles nossos dias. Era o comum, em vilarejos. Amanhecia: a gente ia à escola, o pai à venda e a mãe às tarefas domésticas — e tantas havia, que a cada um dos filhos cabiam muitas: Gisa ajudava na cozinha e na limpeza dos banheiros; Tati varria e encerava o assoalho da sala e dos quartos; Luiz botava o lixo na rua e ajudava o pai na venda; e eu, eu fazia o que convinha ao meu tamanho (umas brincadeiras).

Um e um, e todos, vivíamos lá as nossas aprendizagens, solitários ou, às vezes, misturados: Tati e Luiz costumavam assistir tevê juntos — eram fãs dos mesmos programas —, Gisa me ensinava a lição na mesa da copa, enquanto o pai e a mãe falavam na cozinha de assuntos maiores — no futuro, eu iria descobrir quais eram e a sua enganosa dimensão —, e, ainda assim, ficavam de olho em nós, seu entorno.

Então, de repente, a voz da mãe, baixa e de carícias, se elevava e, logo, a do pai, grave e mineral, se sobrepunha à dela, para, a seguir, ser solapada por um grito da mãe. E, aí, as palavras rilhavam o ar, ricocheteavam pelas paredes, emaranhavam-se, até que o som seco de um murro na mesa, ou de um prato a se estilhaçar no chão, ecoava — a mãe passava correndo pela sala, os olhos enevoados, e se enfiava no quarto; o pai saía para os fundos, onde ficava, em meio à fumaça do cigarro, esbravejando contra a sombra das árvores.

Esses episódios se repetiam, com pequenas variantes: uma risada provocativa ressoava e, em seguida, uma xícara se quebrava; um cantarolar da mãe e, em resposta, um impropério do pai. Nada podíamos fazer, senão nos condoer, num mutismo cúmplice, e, vendo-os, no dia seguinte, conversando alegremente, só nos restava esquecer o ocorrido e desfrutar da nossa precária calmaria.

Eu não entendia o funcionamento do universo, embora meu olhar não se concentrasse somente numa fração ínfima de sua engrenagem — antes de dormir, ficava a pensar na imensa máquina do destino e suas infinitas combinações. Tinha poucos amigos e quase não frequentava suas casas, via a mãe de um aqui, o pai de outro ali, mas nunca ambos juntos, esse contando àquele as vivências de seu dia, o homem a abraçar a mulher, ou os dois em ruidoso desacordo, de forma que não me sentia nem triste (quando presenciava as cenas de conflito entre meus pais), nem feliz (quando os surpreendia de mãos dadas, em harmonia). Sem a consciência de agora, eu sentia apenas que estava vivo — e viver era aquilo, aceitar simplesmente o que me acontecia, fosse dor ou contentamento. Até porque Gisa e Luiz, mais velhos, não aparentavam inquietação nem receio com a imprevisibilidade daquelas marés. Estavam habituados a elas e, imagino, convictos de que não havia maneira de prever os próximos confrontos, nem um alarme capaz de nos alertar a sua iminência.

Assim seguíamos, cada um voltado para as suas miudezas, que, às vezes, eram também as dos outros, a viver a sua história pessoal, tão colada à da família, nós todos essenciais para nós, embora para a cidade fôssemos apenas meia dúzia de habitantes, e, para o mundo, gente anônima, dados, números. Ignorávamos, flagrando a mãe deitada no sofá, o pai a acariciar os cabelos dela, que ambos estavam ali, em verdade, mais próximos de uma nova explosão.

E esse dia, de transbordamento, chegou, desprendendo-se, irremediável, de um futuro que poderia ser outro, mas não foi. Fazia um calor de amolecer, o pai e a mãe estavam na varanda, num namoro de sussurros, e, então, as vozes começaram a se alterar, e, numa escalada rumo ao topo, em segundos chegaram lá. Os barulhos nos surpreenderam, pelo ineditismo. Primeiro, um copo se espatifou, e logo outro, depois algo que pareceu um vaso. Em seguida — susto maior — o som de um soco. Dois. Três. Um uivo da mãe e seu choro lancinante esfaqueou o ar.

Corremos até os dois, mais para ver do que intervir, e quase fomos atropelados por ela, que entrou em casa soluçando e se fechou no banheiro. O pai atravessou a rua, sob o sol fulminante da tarde, deixando às suas costas o portão escancarado. Na varanda, cadeiras caídas, terra dos vasos esparramada, estilhaços de vidro — a ordem em cacos. Ao comando de Tati, fomos botando tudo no lugar, iniciando, então, uma rotina de apagamento imediato dos vestígios. Como se, assim, a vida se normalizasse e o sossego familiar, ferido, cicatrizasse mais depressa.

Na manhã seguinte, a mãe apareceu de óculos escuros — para ocultar o hematoma no olho — e se manteve em casa o dia inteiro. A pedido dela, Luiz foi à farmácia buscar uma pomada. O pai dormiu duas noites no sofá. Mas, na terceira, quando assistíamos à novela, os dois já se sorriam; e, se por um lado, esses sorrisos reduziram a minha aflição, por outro me doeram como ofensa. A mãe, ao me dar boa-noite, talvez desconfiada de que, à diferença de meus irmãos, eu não entendera que devia ficar calado, murmurou em meu ouvido, mais como súplica do que ameaça, *Querido, não conte nada pra sua avó.*

E, claro, no almoço de domingo, a avó estranhou que a mãe, na hora de arrumar a cama de casal, tivesse tropeçado na colcha e batido o rosto na cabeceira. Mas não insistiu nos detalhes, que desmentiriam aquela versão. A avó — hoje entendo — sabia que as farsas se desfazem por si mesmas. Tio Beto, então, colocou uma música no aparelho de som, o pai e a mãe se puseram a dançar, a gente ria com o jeito divertido deles.

Mas a correnteza dos dias mostrou que tinham apenas saído da superfície das desavenças e, dali em diante, tocariam o seu fundo: um fundo nodoso, de pedras cortantes.

Passamos semanas gozando de uma milagrosa bem-aventurança, esquecidos de que, se a placidez estava graus acima de nós, de súbito o seu reverso podia eclodir do nada e, instantaneamente, dilacerá-la.

Assim se deu naquele sábado, à noite, todos ao redor das pizzas, para pegar, em etapas, os seus dois ou três pedaços, o pai à ponta da mesa, a mãe no comando, cortando e dispondo as fatias nos pratos, e, nós, entregues à ávida degustação, nem percebemos quem atirou a primeira palavra-fósforo, só as seguintes, que estalaram como pólvora, tanto as do pai quanto as da mãe — e eis que, de súbito, os dois, à nossa frente, já se agrediam feito inimigos.

Ainda que não orquestrados, tentamos separá-los, Luiz e Gisa, com as mãos em prece, implorando, *Pai, pai, não bate nela,* Tati a um canto, berrando para que o universo a ouvisse, *Para, para, para,* e eu, abraçando-me à mãe, na tentativa de protegê-la, chorava por dentro, ensopado até a raiz pelo ódio. A consciência, então, golpeou invisivelmente o pai — ele freou a fúria. E a mãe só perdeu dois dentes.

A partir dali, a tensão irrompia quando o pai, ao entardecer, chegava da venda, eu sentia a respiração acelerada da mãe e o seu hálito tépido à minha nuca naquelas noites em que ela dormiu comigo. Angustiava-me que outros confrontos pudessem acontecer a qualquer hora e me esforçava para compreender os motivos de seu disparo. Mas a lógica dos afetos era maior que o meu entendimento. O avanço do tempo colocava os dois, outra vez, de mãos dadas. Na festa de aniversário do pai, era explícita a felicidade da mãe (os dentes implantados cintilavam), ela produzia no ventre um novo irmão para nós. Eu ignorava o que sentia quando a surpreendia beijando o pai diante dos outros, se vergonha ou orgulho deles.

Vieram outros episódios, similares, mais fracos para a minha memória — talvez não para o corpo da mãe —, e esses foram espaçados. Assim, no meio daqueles sustos, fomos crescendo, e, arrastados por outras aflições, às vezes por umas alegrias, nem desconfiamos que o destino, com seu periódico ajuste de contas, estava preenchendo uma nova fatura.

Até que deu o que se deu, o fato maior — porque a mãe, daquela vez, acabou revidando: atirou no pai faca, panela, prato, tudo o que estava à mão. E se não fosse seu Cido, o vizinho, ter corrido para separá-los, não sei como teria terminado aquela briga. Sei que, depois, o tio Beto quis nos levar pra casa da avó, mas a mãe não deixou. Com o bebê no colo, ela dizia, *Esta é a minha casa! Vamos ficar aqui!* O pai foi quem saiu por uns dias. Mas uma noite retornou. Lembro bem, nós todos na sala, ele no sofá ao lado da mãe, cabisbaixo, os olhos no assoalho, como se pedindo a ela, silenciosamente, perdão.

Sobreveio um tempo (longo) de trégua, capaz de quase ocultar aquelas marcas que, em mim pelo menos, haviam se aderido como traços que delineiam a nossa face, nos distinguem dos outros e, sobretudo, nos dão a certeza, diante do espelho, de sermos, de fato, quem somos. Nesse período, Luiz se afundou nos estudos, eu o substituía na venda, onde fui descobrindo que o pai era também doce e paciente na sua outra metade. Fiquei confuso com a vastidão dessa verdade, não obstante ela se revelasse aos poucos, na toada do dia a dia, um raio por vez e, de repente, aquele imenso sol. Eu era imaturo para a compaixão. Eu resistia em amar o pai, para não sacrificar o meu amor pela mãe. Eu estava aprendendo a ser maior, não era mais só ignorância, eu já admitia o que havia visto e sentia o mundo não mais (apenas) pela dor dos meus machucados.

Então, quando eu estancara a hemorragia das dúvidas e as cenas, relembradas, não me feriam tanto, aqueles homens, vindos de São Paulo, resolveram entrar na cidade. Nem eu nem o Luiz estávamos na venda naquela tarde. Seu Cido, que conversava com o pai no balcão, disse que ele não reagiu, não fez nenhum movimento, só abriu o caixa e pegou o dinheiro. Mesmo assim, os homens atiraram. Porque o pai estava ali. O pai existia para eles como existe um caminho.

Depois, eu nunca mais vi a mãe sorrir daquele jeito, os dentes faiscando. Nem quando nasceu o filho de Gisa, primeiro neto que ela tanto esperava e que a obrigaria a exercer novamente, e com intensidade, o seu amor. Nesses anos todos, nunca disse a ela o que eu gostaria de dizer, e jamais poderei um dia dizer ao pai, que se foi naquela tarde, quando eu não sabia ainda o que hoje sei.

Eu os vejo, agora misturados, nessa casa da infância, que reconstruo na memória, a mãe atrás dos óculos escuros e de sua cota de culpa, e o pai no sofá ao lado dela, cabisbaixo, os olhos no assoalho, a pedir-lhe, silenciosamente, perdão.

Em terra

O menino, até ontem, brincava, sem saber que seria seu último dia de ver os amigos, de dizer à mãe antes de dormir, *Tenho medo do escuro*, de fazer a lição de casa, de andar pelas ruelas do morro — aquele trecho do mundo que era todo o seu mundo, mas não o mundo que ele, um dia, almejava fechar com a dupla fresta dos olhos. Era o que a sua mãe dizia, esmagada pelo pranto, era o que ela contava aos parentes à beira do túmulo, se é que não contava para si mesma, na tentativa de se dissuadir da verdade que seu filho, tão novo, se fora definitivamente; ela o chamava de "o meu menino", no entrecortar dos soluços, no repetir o gesto de secar as lágrimas com o dorso da mão, ela dizia que o seu menino nascera numa segunda-feira chuvosa, mas podia ter sido num sábado de sol, pouco importava, ela não lembrava daquele dia senão pelo que aquele dia registrara em seu corpo, o ritmo das contrações, ela pronta para expelir a nova vida, que também se preparava para sair de seu ventre; o seu menino nascera em maio, mas tanto fazia para o mundo, este mundo do qual ele já se despedira, tanto fazia se fosse em outubro, se fosse num dia santo, porque ao mundo pouco importa se mais um homem vem habitá-lo, o mundo está à disposição para que os vivos dele se sirvam, embora esse desfrute seja também a sua própria ruína; no ato de consumir, seja o que for, somos consumidos pelo tempo — o tempo não é voraz, nem piedoso, o tempo é indiferente em seu passar; mas, como um rio, o tempo se suja com o barro de quem nele se banha, o tempo se conspurca em seu próprio fluxo, o tempo é um líquido que, ao deslizar por um corpo, resulta noutro (tempo); ela dizia, o meu menino nasceu às duas da manhã, podia ter sido às seis da tarde, às onze da noite, mas sendo às duas da manhã esse foi o horário que se fincou na carne da sua consciência, às duas da manhã foi quando a história de seu menino, fora de seu ventre, se iniciou; ela dizia que o seu menino não era diferente de nenhum outro, mas era o seu menino e, sendo o seu menino, não havia ninguém igual a ele, ele era o meu menino, e não importa se eu tenho mais dois filhos, um filho não substitui o outro, o sofrimento novo não ameniza o antigo, uma alegria não sufoca uma dor, pode (quando muito) mascarar a sua face, uma vida não se paga com outra, nem uma morte aceita substitutos; o meu menino teve de se esforçar, como todos, para se habituar à vida, o meu menino teve de aprender as coisas mais banais, o meu menino, ela dizia, o meu menino aprendeu a sugar os meus mamilos, a acostumar o seu intestino com leite, o meu menino, quantas cólicas ele sentiu, quanta aflição não provou quando os dentes rasgaram a sua gengiva, o meu menino acordava à noite ensopado de urina, o meu menino sujo de fezes, experimentando a acidez das frutas, o gosto insosso das sopas, o meu menino reconhecendo, aos poucos, o sal e o açúcar, vomitando a bile, regurgitando a carne mal mastigada; o meu menino, ela dizia, como todos, para permanecer aqui, levou no braço as picadas de vacinas e, mesmo assim, juntou no corpo franzino uma coleção de doenças, caxumba, sarampo, catapora, o meu menino aprendeu a ter os bons e os maus sentimentos, o meu menino, para aceitar a vida, se submeteu ao que ela exige, o desejo e a frustração, a tristeza e o contentamento, a coragem e o medo; o meu menino, ela dizia, eu ainda tenho nos ouvidos o seu choro de bebê, anos de choro eu tenho guardados, essa música que todos nós nos primeiros meses de existência entoamos para os nossos pais, o meu menino, ela dizia, desenhava em seu caderno escolar na calçada de casa, quando a bala o encontrou, a bala que poderia ter se metido num muro, ricocheteado nos paralelepípedos, se abrigado no tronco de uma árvore, a bala que veio do revólver de um dos policiais, ou de quem perseguiam, a bala ali, queimando-o por dentro, e o meu menino sem saber o que se passava, e eu diante do fogo cozinhando o feijão, eu cantarolando, feliz, enquanto o sol batia na janela, eu toda ignorante, sem imaginar que não estava vivendo um momento de harmonia, que a família logo contabilizaria uma baixa inesperada; a mãe dizia, eles o levaram às pressas para o Hospital Miguel Couto, mas o meu menino se foi, a bala despedaçou seu pulmão, o meu menino, ela dizia, com seus olhos castanhos, comuns, mas para mim tão bonitos, os cabelos encaracolados do pai, o meu menino agora junto ao avô que ele mal conheceu, os dois aí embaixo, meu pai e meu filho; ela dizia, se eu ainda acreditasse em outra vida, em outro mundo, mas não há nada além do nada da morte, ela dizia, se eu fosse uma mulher com fé, mesmo se para enganar a mim mesma, talvez eu tivesse esperança de reencontrar o meu menino, mas eu não verei mais o meu menino à mesa, rindo da careta do irmão, eu só posso ter o meu menino em sonhos, mas os sonhos são tudo o que jamais vamos viver, os sonhos são como bolhas de sabão, mesmo os mais resistentes explodem, os sonhos são desenhos que o nosso desejo faz para alegrar os nossos olhos, os sonhos mentem, ela dizia; eu só posso agora ter o meu menino na memória, mas a memória vive de falhar, a memória se engana, primeiro sem querer, e, depois, por sobrevivência, a memória subverte os fatos, exagera-os para nos consolar, a memória, antes de nos levar à demência, ela dizia, tenta nos distrair, contando uma história que não é a nossa, a verdadeira; o meu menino, ela dizia, o meu menino está agora nessa cova, com o avô, e em mim, na altura do meu peito, pode afundar a sua mão aqui, a sua mão me sairá pelas costas, já não há nada mais que palpite sob a minha blusa, no lugar do coração há um vão por onde a vida, daqui em diante, vai me atravessar rumo ao fim, esse vazio é o corredor por onde a minha dor vai se alargar, essa cavidade vai arrebentar (está arrebentando) meu futuro; quanta saudade eu já tenho do meu menino, ela dizia, e, para continuar viva, vou ter de me esquecer dele, vou ter de empurrá-lo para o fundo da inconsciência, só poderei deixá-lo subir à superfície de vez em quando, não há como viver se o rosto dele se tornar uma lembrança maior que todas as minhas perdas juntas, não há como viver se demorar o dia em que, ao longo de todas as suas horas, a imagem dele, como uma bolha de sabão, não explodir de repente em minhas lembranças.

Relva

Você disse, André, que se um filho seu viesse estudar um dia na capital, gostaria que morasse comigo. Não perguntei o porquê, mas sabia, desde sempre, a razão desse seu desejo: comigo, claro, ele não apenas conheceria a fundo as histórias da família — você se negava a contá-las —, como esqueceria lições que lhe teriam custado muito aprender: o meu amor pelos nossos familiares jamais deixará mesmo de ser permissivo. Então, você teve de morrer de repente para que essa remota possibilidade do vir a ser se realizasse, e, por isso, ele está aqui agora, no quarto que eu preparei, ao lado do meu. Foi a sua morte que trouxe o seu filho à minha porta, eu que mal sei ser conselheira de mim, eu que na idade dele conhecia, e até hoje só conheço, os descaminhos. Eu sabia que ele chegaria hoje, mas, ainda assim, me assustei ao abrir a porta e vê-lo — tão parecido com você, André, quando tinha lá os seus dezoito anos.

Ocorreu-me que o tempo, num recuo só possível nas dobras dos sonhos desesperados — ou melhor, nos retalhos de angústia em que a alma de quem perdeu um amor se transforma —, me trazia você, novamente jovem, com seus olhos verdes, a me contar as suas novidades e a inaugurar um mundo mais exuberante do que esse, sem fermento, ao qual estou presa. Os seus olhos, André, me lembram do quanto éramos resistentes como a relva: seguíamos pela terra, sem medo das rochas, aderindo-nos a elas, cobrindo-as com a nossa pele e avançando, avançando. Agora, desaparecendo de súbito, você deixou aos meus pés essa linha de solidão — quando ela cruzava a sua, as duas, unidas, não se mostravam frágeis diante dos riscos que enfrentávamos. Você disse, naquela tarde, e eu poderia ter esquecido, mas sabia que a brasa de suas palavras, aparentemente cotidianas, pressentia o incêndio do qual se originariam. Como se soubesse que, de fato, um filho seu, um dia, viria estudar na capital, e essa hipótese só ocorreria se você, meu irmão, morresse. E para nós estarmos aqui agora fosse necessária — era a única condição — a sua ausência. Senão, não haveria um motivo para aquele seu comentário, André. Você me pedia, seus olhos insinuavam, que eu ensinasse a ele a ser igual a nós: relva que se arrasta sobre as barreiras e segue adiante, fiel ao seu destino. Não para limitá-lo, mas para que ele conhecesse a própria falta de margens, só assim poderia descobrir quando a vida lhe pertence, quando o corpo é o próprio e não o de outra pessoa, embora nunca sejamos só os nossos contornos, de carne e sonhos: você continua, André, nas linhas da minha história, que vai escurecendo e levando para o nada tantos acontecimentos possíveis no meu futuro, que então evaporaram tão logo você chegou ao fim. Mas, talvez, você tivesse outro motivo para dizer o que disse, e o que a gente diz não pode mais ser apagado nem pelo tempo; nem o perdão, André, tem o poder de silenciar as palavras ditas, só a memória, mas a memória se dilui, por mais invulnerável que seja, ela também descolore, e quem sabe esteja aí a nossa redenção — esquecer pode ser a cura para as nossas perdas, lembrar dói quase como a própria dor. Seu filho está lá no quarto, guardando as roupas que trouxe na pequena mala, e eu não tenho como represar essa correnteza que me atordoa, como se você, depois de morrer de repente, André, de repente renascesse para me pedir que receba o seu filho; se um filho meu vier um dia estudar na capital, gostaria que morasse com você, é o que ouço novamente na sua voz daquele tempo, meu irmão, a voz que guarda os seus gritos de menino, quando juntos brincávamos de queimada no quintal da nossa infância, a voz que represa hoje o seu silêncio nos meus ouvidos. Seu filho está lá no quarto, e temos de nos preencher um do outro, porque, apesar do sangue, somos estranhos, convivemos tão pouco, a distância entre as cidades nos separou durante anos, convivemos tão pouco, e, agora, André, você teve de morrer, para que eu e ele pudéssemos nos aproximar. Vejo pela janela a avenida polvilhada de carros e penso na velha caminhonete em que você viajava horas e horas para vir até aqui fazer negócios — quantos não foram os seus prejuízos, meu irmão? —, e dizia que o melhor da viagem era passar pela minha casa, nesse bairro fora de mão. Penso nele, um menino com olhos cheios de árvores, de ruas calmas, de pés lavrados na terra vermelha, e penso se o que lhe damos agora, eu com a minha vida, e você com a sua morte, André, é assombro ou alumbramento. Penso, ao ouvir o ruído da porta do guarda-roupa correndo pelo trilho, o que posso fazer para não fortalecer nem amenizar o que ele possui de seu e meu, esse nosso jeito de gostar como uma vocação inevitável, sem a carga das faturas afetivas. Penso no tempo em que tínhamos a idade dele — você se obrigava a zelar por mim, a me vigiar para que não me excedesse, mesmo sabendo que cerca alguma jamais me barraria; igual a mim, você também passava debaixo delas, a obedecer a nossa natureza de relva. Tanto que renunciei ao sol e ao silêncio da nossa cidade e abracei as sombras e os rumores dessa metrópole, eu escolhi o desvio por nós dois — e foi preciso você morrer para que o seu filho, que está lá no quarto, à espera de que eu apareça à frente dele, possa escolher as palavras da nossa primeira conversa. Sim, meu irmão, só restará a mim e a seu filho descer à superfície das horas, onde o dia e a noite se equilibram, e conversar sobre as coisas menores, *Aqui está a sua toalha*; *A torneira da esquerda é a da água quente*; *Quando começam as aulas?* E ele, *Onde posso guardar a mala, tia?*; *Bonita essa vista da rua*; *Aquela é uma torre de rádio ou de tevê?* Conversar é a única forma de fingir que a vida sem você não faz diferença, André, a sua morte nos colocou aqui, lado a lado, meu irmão, para que (eu e seu filho), como relva, seguíssemos juntos.

Separação

Eu estava, então, na pele dos meus oito anos, era por volta das três da tarde, o sol lançava uma luz doce sobre o rosto de minha mãe, sentada no sofá ao meu lado, quando o momento presente a que tínhamos chegado recebeu subitamente da realidade — esse carvão bruto — seus contornos definitivos. Recordei-me tantas vezes dessa cena, ao longo da vida, que, se me cegassem, ainda assim poderia redesenhá-la com perfeição, o dedo sobre a cicatriz da memória a detectar facilmente o alto-relevo da tristeza, os pontos suturados (e emudecidos) pelo assombro. Aos meus pés, a mochila com uma troca de roupa; no colo dela, a sacola de nylon, com ilustração de frutas coloridas, que usávamos para ir ao mercado, da qual escapava a alça de um de seus vestidos: ao preferir a sacola à maleta que levava em suas viagens, minha mãe certamente queria disfarçar o nosso êxodo; que ninguém nas ruas, desertas àquela hora, caso nos encontrasse a meio caminho, soubesse do meridiano, sem volta, que estávamos cruzando. Por alguma sabedoria atávica (que até então eu ignorava possuir), sentia que, a um gesto de minha mãe, levantaríamos os dois no ato — estávamos não por coincidência acomodados na beirada do sofá, sem encostar nas almofadas, como se atentos para de repente alçarmos o voo (seria voo ou rasante sobre o abismo?) — e nunca mais voltaríamos à casa, senão pela dádiva (ou pela maldição?) da escrita, como agora, em que me vejo, de novo, diante dela, uma estranha lassidão em cada centímetro cúbico de meu corpo de oito anos, talvez porque as paredes represem o calor estúpido de janeiro, e o céu farto de nuvens (que vejo pelo quadrado da janela) me pese nos olhos, entorpecendo-me com sua inescapável sonolência. Minha mãe se mantém imóvel, e eu igualmente, estátua menor e subserviente, ambos fixos na incerteza do instante, e assim continuamos, paralisados pelo futuro que escolhemos à força, mesmo quando o canto de uma cigarra dilacera a aparente calmaria do bairro, riscando o silêncio com os garranchos contínuos de seu som estridente. Lá estávamos nós, eu, na pele dos meus oito anos, às três da tarde, o sol lançava uma luz doce sobre o rosto de minha mãe, e lá estamos novamente, em questão de segundos ela desviará os olhos do chão (entre as gretas do assoalho, convivendo com a poeira, um botão de camisa do meu pai, uma moeda, estão as nossas conversas cotidianas), ela desviará os olhos do chão e os firmará em mim, o seu único filho; vamos nos erguer simultaneamente, ela empurra a alça do vestido para dentro da sacola, ocultando-a, eu ajeito a mochila às costas, ela trava a janela, corre a cortina de um lado, eu do outro, atravessamos a sala (e, corajosamente, a linha de nossa decisão irreversível), saímos para as três horas da tarde lá fora (e para uma vida sem planos imediatos, senão seguirmos até a casa de minha avó). Ela cerra a porta à chave, duas voltas na fechadura, trancando-a normalmente (mas, dali em diante, para sempre), enquanto eu, de costas para a rua iluminada, observo as suas espáduas magras, os ombros vulneráveis incapazes de alternar, ora num, ora noutro, a cruz que ela, minha mãe, haverá de levar, invariavelmente dali em diante, como um colar no pescoço. Estamos ali parados, de novo imóveis, não obstante em pé, e o vento airoso sopra de inopino, amainando por um átimo a quentura do sol, estamos ali naquela tarde, e agora, na tarde da minha memória, decididos para um observador à distância, mas no íntimo hesitantes (só eu e ela sabemos), abalados pela nossa própria resolução, como se fosse possível desprezar os fatos e as circunstâncias que os geraram e retornar, com desesperada alegria, à nossa vida válida até o momento, mas que não nos cabia mais, como não cabe na cintura a calça justa, nem no peito os soluços provocados por traição. Atravessamos o corredor até o portão de ferro, a mãe o abriu, e, depois de sairmos à calçada, o fechou com todo cuidado (evitando o costumeiro rangido de quando o batíamos às pressas), num mudo respeito à ordem das coisas, e, então, quando demos os primeiros passos, ela me tomou pela mão para cruzarmos a rua — não havia perigo algum, mas seu gesto me confortou, senti-me se não orgulhoso tampouco culpado por ser seu cúmplice naquele propósito —, a luz do sol sobre os paralelepípedos ricocheteava em meus olhos, eu mal avistava as casas na calçada de lá, experimentava pela primeira vez o desejo de governar o universo à minha maneira, e à revelia dele, neutralizando, assim, a aflição que me envolvia (maior, muito maior que o comprimento de meus braços). Avançamos uns passos, ainda sem entregar um ao outro sequer uma palavra, talvez porque nenhuma se ajustasse ao gênero da nossa aflição, ou porque todas as palavras sejam só fagulhas do incêndio que nos inflama e que jamais seremos capazes de dimensionar para quem está sob o signo da água; seguimos pela calçada erma, rente ao casario colorido, enquanto silenciosamente (a cigarra interrompera sua febre) nossa harmonia familiar desabava lá atrás, como uma árvore que, fingindo fortaleza, é arrancada com facilidade pelo vendaval; seguimos sem pressa, não mais guiados pela bússola dos tempos felizes, quase levitando às três horas daquela tarde infinita, em cujo ventre se agonizava minha infância também nascia, estrangulando-se para sair à luminosidade da paisagem provinciana, o meu canto, a palavra-armadura, infensa ao diálogo vazio. Continuamos caminhando, eu e minha mãe, secando-nos do passado a cada metro percorrido, jamais sendo quem éramos um minuto antes, indiferentes ao som de uma voz chamando por alguém ao fundo de um quintal, presos à iminência de nosso futuro nesses rabiscos que são as minhas lembranças, rascunho de um texto que não pode (pela minha inabilidade) ser aprimorado; e assim foi que eu e minha mãe, às três da tarde, que eu, na pele dos meus oito anos (é preciso ser menino outra vez para me escrever nestas linhas), e minha mãe, no domínio de sua indignação, foi assim que abandonamos a casa onde vivíamos enganados de felicidade, nos separamos, definitivamente, ela do marido (que a calava), e eu de meu pai (que falava fundo em mim).

Pedaços

1

Foi sem pensar que, ao ver o número do telefone da pizzaria no ímã da geladeira, decidi pedir uma pizza brotinho (quatro pedaços), evitando assim comer o que restara do almoço. Foi sem querer — embora talvez eu o quisesse inconscientemente, não para me dolorir, mas para me lembrar dele: eu não podia conceber um único dia da minha vida sem que a sua imagem não relampejasse, ao menos uma vez, nos meus olhos. Nem me dei conta de que, com aquele gesto, eu reabriria a ferida na memória.

2

Só percebi que a saudade cortaria de ponta a ponta o meu jantar, quando, depois de atender a campainha, coloquei sobre a mesa da cozinha a pizza, ainda embalada na rodela de papelão, e senti o cheiro da massa e do manjericão na mussarela derretida. Se estivesse mais alerta, teria cancelado o pedido a tempo. A última vez que eu e ele estivemos juntos tinha sido numa pizzaria, onde assistimos, felizes, numa velha tevê, à vitória do nosso time.

3

Com ele, eu sempre pedia uma pizza grande. Oito fatias. Eu me satisfazia com duas, às vezes três. Gostava de ver meu filho se saciar com as outras cinco ou seis. Gostava de vê-lo de frente, reconhecendo-me em seu rosto, aqui e ali umas partes, como linhas suaves, da nossa história. Gostava de estar com ele — havíamos chegado àquela estação na qual não é mais preciso se encontrar para se amar. Não temíamos nos queimar no fogo das ausências.

4

Oito fatias: assim está escrito nos cardápios. Mas prefiro dizer oito pedaços. Fatias designam partes de um todo. Pedaços se revelam fragmentos de um todo em desintegração. Um filho que chega: fatia. Um filho que se vai: pedaço. E eu, pai, inteiramente despedaçado, ali. Diante da pizza que eu pedira pelo telefone. Justo eu que deveria me conceder o máximo possível o esquecimento — essa trégua redentora. Sem fome, transporto uma fatia da pizza da embalagem para o meu prato.

5

Foi a última vez que nos vimos. E que fizemos juntos uma refeição, enquanto o mundo (sempre é assim) seguia o seu curso sem rumo lá fora. Se soubéssemos que era a derradeira noite (uma noite, pedaço do tempo regulamentar da nossa vida), a ocasião definitiva que se abria para nós, como agiríamos? Melhor mesmo que nunca saibamos, para assim não anteciparmos a inevitável despedida. Embora toda vez seja também a última, antes de fato da Última.

6

Corto o pedaço da pizza em quadradinhos. Um hábito, uma mania, um jeito que peguei anos atrás, quando comecei a envelhecer. Talvez para facilitar o trabalho dos dentes. Talvez pelo gosto de petiscar. Talvez para saborear cada parte, menor, da parte maior (pedaço não mais de um todo). Ele não. Meu filho cortava a fatia no prato aos poucos, na transversal, devorando cada bocado com avidez. E deixando a azeitona para a última garfada, antes de atacar uma nova fatia.

7

Com o garfo, espeto o primeiro quadradinho. Levo à boca. Mastigo sem pressa. Espeto o segundo, molhado não com azeite (que ele gostava), mas com um respingo dessa garoa que começa a sair dos meus olhos. Tantos anos secos, os meus olhos — e, nas últimas semanas, essas vazantes, essas incontroláveis inundações. Hoje, vejo as coisas, mesmo atrás dessa neblina, por inteiro. A certeza do jamais. A realidade irreversível. A cadeira à frente, não apenas vazia: mas sem ele.

8

Aquela noite, conversamos assuntos circunstanciais. Partilhamos planos, enumeramos atrações turísticas de uma futura viagem. Também falamos das demandas do dia seguinte, os movimentos mínimos que impulsionam a rotina — até que um fato a despedace, a pulverize, a transforme numa nova (e incurável) rotina. Comemos uma pizza grande: eu, três pedaços; ele, cinco fatias. Celebramos a vitória do nosso time. Resta-me, agora, somente lembrar. E doer. Doer até o último quadradinho da minha existência.

SEGUNDOS FIOS

Linho

Não sei por que raiou em minha memória agora, em que o próximo ato desse homem pode ou não me manter vivo, a imagem de meu pai, alfaiate, cortando uma peça de linho cento e vinte, com a qual confeccionou a camisa de um rico comerciante, e me explicando que, quanto maior o número de fios por centímetro quadrado de um tecido, melhor o seu caimento — por isso, roupas finas eram feitas com tecidos de oitenta ou cem fios, mas elegância máxima era o linho, com cento e vinte fios. Cresci ouvindo-o repetir essa certeza, mais pétrea à medida que os tecidos sintéticos surgiam, e o linho, tanto quanto a seda, ia perdendo a preferência dos clientes, rareando por seu alto custo, até desaparecer das alfaiatarias, num processo que, em seguida, exterminou todos que, como ele, costuravam sob medida. Não me esqueço desse dia em que meu pai comparou o entrelaçar dos fios do linho à trama do destino, que alinhava as ações humanas, gerando encontros e desencontros, acontecimentos maravilhosos e abomináveis. Apreciei a sua metáfora; mas, ao longo da vida, descobri outras, similares, ensejando esse sistema de maranhas que, invisivelmente, nos enreda, nos aproxima de umas possibilidades e nos afasta de outras, derramando a tinta das ocorrências, e nos obrigando a escrever com ela a nossa história. A comparação de meu pai sempre me soou mais bonita, porque vinda de seu ofício, que se tornara comum para mim, embora não sem encanto — desde menino, eu o observava costurando e discorrendo sobre as particularidades do cetim, do tafetá, do jacquard. Não por acaso, ocorreu-me explicar, por meio dessa malha, o meu reencontro com Marina, com quem cursei a faculdade de letras e, depois, perdi o contato por uma década. A linha da minha vida e a dela, distanciadas depois da formatura — Marina foi fazer mestrado na Espanha —, estavam alheias ao nosso desconhecimento, como fiandeiras, tecendo a nossa reaproximação e, então, a padronagem resultante foi esta: há três anos nos casamos, salvando-nos da chance perdida de nos unirmos quando jovens. Fomos viver num pequeno apartamento, onde ficamos até que o nosso filho se anunciou em seu ventre. Então, mudamos para uma casa desse bairro, mais espaçosa, com quintal para o menino crescer entre a terra dos canteiros e o céu, e nela moramos até o mês passado. O bairro se tornara perigoso, boatos de roubos e assaltos à luz do dia corriam entre os moradores, e o medo de Marina, como um elástico, começou a esticar, esticar, até se romper em pânico. Foi quando, certa noite, ouvimos ruídos nos fundos da casa, um tropel, e, em seguida, golpes na janela do quarto onde o bebê dormia. O choro dele, os gritos de Marina e as luzes acesas pelo vizinho por sorte (ou pelo trançado de fatos que nos levaria ao futuro) assustaram os ladrões, e nos levaram de volta ao antigo apartamento — mais seguro, era o que pensávamos. Eis que nele estamos agora, e, contra a nossa previsão, homens encapuzados entraram há pouco no prédio e começaram o arrastão pelo primeiro andar: o nosso. Não esboçamos resistência — nem era uma alternativa —, mas, depois de saquear nosso apartamento, um deles continua a apontar a arma pra mim, como se eu, de repente, fosse capaz de lhe fazer algum mal, ou a seus companheiros. Marina segura o bebê no colo, atônita com o desenho dessa cena na qual viemos parar. Penso no comentário de meu pai sobre a superioridade do linho e o seu primoroso entrelaçamento — tão primoroso como as tessituras do destino.

Chão

O rapaz fechou a porta do apartamento e caminhou até o elevador, distraído do mundo, sentindo a satisfação de aceitar mais uma manhã e de se contentar por ser quem ele era. Não que a consciência ensolarada o despertasse para o seu ser, único e irrepetível, e ele dissesse de si para si, *Estou vivo*. Não, era apenas a sensação de quem respira sem perceber, e assim a vida não lhe escorre, tão finita, como noutros dias em que se percebe que ela passa. Àquela hora, esquecia-se de que deveria usufruí-la, e, ignorando-a momentaneamente, era livre e nada possuía, e, por nada possuir, experimentava a leveza dos sonhos, embora já estivesse bem desperto, senão para a sua realidade íntima, para a que se estendia ao seu redor: as paredes cor de gelo do corredor, o piso de mármore, a porta de aço do elevador, a pequena seta luminosa do visor que indicava a sua ascensão até o décimo andar, onde estava ele, um rapaz entregando-se ao novo dia. Nem se dava conta de que as águas do instante eram movidas mais pelo acaso do que pela sua vontade, como se o fato de se esquecer de que uma cruz ia em seus ombros o ajudasse a suspendê-la, a aliviar-lhe o peso de sentir a dor dos outros, mais do que a sua própria. Mas também ele sabia que era breve essa sensação de paz, como qualquer pessoa sabe — pelo espanto de ver outras partindo —, que logo deixaria de ser quem ela era até então, porque, uma hora, caminharia inapelavelmente para não ser mais. Desejava que alguém sentisse aquela sua paz, a graça que lhe era concedida, e foi com enlevo que constatou, ao abrir a porta do elevador, que ali havia uma moça. Antes que dissesse algo, como o fez em seguida, *Bom dia*, e ela respondesse sem a mesma efusão, mas com um gesto de visível cordialidade, *Bom dia*, o silêncio de um disse ao do outro, *Sim*, e uma ponte, de repente, estendeu-se do nada entre os dois. Agora ele já não era mais ele mesmo, o rapaz sozinho à borda da manhã, aquele que vivia para si, e para si também morria, mas alguém que aceitava ser outro porque uma moça surgira em seu caminho, e, se nada sabia dela, sentia-se ao menos mais íntimo ao mundo, como se o encontro, súbito, o devolvesse à sua verdade, a se voltar para o que de fato ele era, e não a ser o que não era só para se mostrar simpático. Evitando olhá-la ostensivamente, apressou-se para apertar o botão que o levaria ao primeiro subsolo, e, ao lado dela, viu a porta se fechar sem pressa, e o elevador, com um tranco, iniciou a descida. Foi quando se deu conta de que ela vinha dos andares de baixo, evidentemente ele a atrasara, mas, por falta de jeito ou timidez, não sabia como se desculpar, e queria que ela soubesse, não o fizera de propósito, queria que ela conhecesse a aflição dele. Traindo a própria solidão, mirou-a de relance e deixou escapar o comentário, incomum para ele, de tão poucas palavras, *Subiu, não é?*, ao que ela, fingindo não se importar, disse, *Tudo bem*, e ele, motivado pela resposta, completou,

Às vezes isso acontece, e ela, *Pois é*, e ambos sabiam que não era o que desejavam dizer, mas era o que tinham à mão para manter os seus segredos, ainda que quisessem entregá-los, não porque ele era quem era, e ela também, mas porque se desconheciam. O elevador continuou o descenso, vagaroso, eles regressaram ao silêncio, em respeito ao enigma que cada um representava para si e, sobretudo, para o outro. Mas o rapaz, inquieto com o inesperado encontro e, talvez por ser o mais fraco dos dois, desejou continuar a conversa, já até ordenara em sua mente as palavras que cortariam o cordão daquela impossibilidade de se compreenderem, *Acho que antes de você apertar, eu já tinha chamado o elevador*, assim não lhe pareceria constrangedor olhar para ela como queria, diretamente, e não de forma furtiva, mas a moça baixara os olhos, evitando encará-lo, como se já tivesse dito o bastante, ou não lhe interessasse dizer, *Sim, deve ter sido isso*. Então, ele nada disse, embora estivesse a dizer de outra maneira — com a sua fingida paciência, seu gesto de erguer a cabeça —, e ela também o entendesse e respondesse com a imobilidade e o medo de quem, às súbitas, sente uma flor nascer dentro de si e não sabe o que fazer com ela, senão acolhê-la em silêncio. Continuaram, inertes, por mais uns andares, e ele, novamente motivado pela presença dela, que alterava para sempre a sua manhã, mudando a direção de seus pensamentos, quis lhe agradecer pela vida que agora fruía, afinal, não era mais apenas ele naquele espaço, era também ela. Mas quando ia dizer algo que substituiria o que de fato desejava dizer, *Aqui estamos e é bom estarmos aqui mesmo que não nos conheçamos*, ou fazer algum comentário que reduzisse o nada entre eles, a moça, como se intuindo que ele iria lhe propor um pacto e o evitasse, talvez porque lhe faltasse coragem para aceitar, desviou os olhos para o próprio vestido, a conferir se lhe caía bem, se não estava amarrotado. Esse gesto de vaidade pareceu a ele natural, não uma atitude de quem finge para não se entregar ao outro. Aproveitou que ela se voltava para si, disposta a se recongraçar, se realmente algo em sua aparência estivesse em desalinho e, portanto, não mais o vigiasse, e se pôs a conferi-la, o cabelo comprido, que bem poderia ser curto; o rosto comum que poderia ser belo; o corpo, no vestido justo, poderia ser perfeito, embora não o quisesse de outro jeito; queria-a como a via e da mesma maneira que ela era, agora, um enigma, apenas. Os andares se sucediam, logo os dois chegariam lá embaixo, e tudo — que ainda era nada e continuaria a ser até que vencessem o medo de se levarem para o que seriam amanhã — se esvairia, porque ela representava, para ele, o que havia de melhor num momento que pedia tão somente a sua humildade; ela, todo o seu corpo revelava, exibia-se, superior, e, assim, mentia para ele e para si mesma. Então, como quem comete o erro de ultrapassar um instante no qual deveria parar, e nele, instante a mais, se enraizasse, baixou os olhos e viu os pés dela, pequenos, na sandália, e se surpreendeu, porque negavam a arrogância que ela a custo sustentava, como um troféu. Ficou rígido, mas por dentro trêmulo, era difícil viver, mesmo por ínfimos segundos, com aquela certeza que a desconstruía aos seus olhos; ela, uma estranha, e, no entanto, tão em seu íntimo. Talvez tivesse tocado o segredo dela, e não havia motivo para se vangloriar, era apenas a descoberta da sua fragilidade que, se ele antes pressentira, agora consumava. Observou seus próprios sapatos, mas os olhos, famintos para provar o gosto cru da compreensão, queriam calçar a verdade nos pés dela, e mirando-os, novamente, teve a certeza de que comungava em silêncio com a vida que lhe escorria, sentiu uma compaixão brutal por si e pela moça, e experimentou a dor de existir dela, como se conhecesse tudo o que o seu coração registrara. Desejou salvá-la com seu amor. Um amor impossível como todo amor em semente. O rapaz não sabia que aquela moça, distante, dava a ele sem querer a sua senha, apertava o botão que o conduziria a um inesperado altar, onde poderia beber, sedento, a vastidão de seu ínfimo destino. Era um momento feito da matéria dos vidros, dos cristais fragilíssimos, que podiam se estilhaçar com uma palavra, até mesmo com um grito dentro de um sonho. E ele, para sua surpresa, extraiu daquela revelação, não explicável, apenas captada pelos sentidos, o sumo de sua oferenda, e ela talvez nem imaginasse que a sua simples presença — sobretudo a escrita humilde de seus pés dentro da sandália — injetara seiva extra no sentimento dele, fazendo com que a revelação, rompendo suas membranas, esguichasse. Por meio da vulnerabilidade dela, ele reconhecia a própria, e queria fortalecer a moça para que saísse à rua menos frágil; o crime dela era esconder a sua delicadeza, não permitir que ele a amasse, porque não lhe daria o seu amor. Ignorava que o silêncio dele não significava agressão, mas afeto, uma alegria sofrida que diante dela se atualizava, era fruto da mesma árvore e retirava da terra o mesmo grão de vida. Ele queria apenas que ela soubesse o quanto era ninguém e todo mundo em si mesmo e, quando ia lhe dizer isso, o elevador freou, sacolejante, e parou no térreo. A porta se abriu, ela sussurrou, *Tchau*, e saiu apressadamente, os sons de seus passos na ardósia do saguão, e ele, *Tchau*, descendo, triste, mais um andar, até o subsolo. Não saberia dizer o que sentia, o que se infiltrava sob a pele daquele instante, como uma sombra, viva, e que em breve poderia, ao contrário do esperado, derramar luz em seu destino. *Talvez eu a encontre de novo amanhã*, ele pensou, e se atirou, maior, à correria do novo dia.

Nuvem

Então era o que era,
                     aqueles anos todos
e eles, irmãos,
tão nuvem e céu em criança
— e, mesmo jovens,
quando se alçavam à condição de homens —
                            distantes um do outro,
sem se ver
não uma eternidade, como se diz,
mas muitas vidas
                     nessa, única, que possuíam,
já em vias de sua segunda metade,
se é que esse *nel mezzo del camin*
não se tornaria, de repente,
                     num *tutti quanti*,
porque assim é que viviam,
como todos,
         sem cogitar que o nada

poderia ser seu tudo num instante
— como fora para o pai, que, naquele avião,
em segundos, apagara-se numa queda —,
os olhos, cerrados para o descanso das tarefas diárias,
talvez nunca mais se abrissem,
pois era o que era — a existência,

                               esse sentir-se
                               [não imortal,
mas longe da morte,
                   ainda que ela estivesse
a um palmo do rosto,
como a neblina,
                   que esconde a manhã nascente.
A mecânica dos dias iguais engrossa esse véu
a ponto de, às vezes,
                   diante do futuro,
não se ver senão um pano grosso,
                         e, no máximo,
por entre sua rude e esgarçada trama,
avultar uma fresta da verdade,
que, não raro, parece ser outra coisa:
o mínimo sempre ilude,
a janela é um corte na casa
                   para a paisagem.
Se um chamava Marcos,
                   o outro Mateus,

mesmo se não quisessem,
a história desses nomes
neles estava dependurada,
e se o primeiro queria tanto que a distância se
tornasse menor
(era então a maior possível)
e muito fazia para que o segundo
viesse à sua casa
— para um café, uma conversa,
ou apenas para ver, sem neblina alguma,
aquele que era o seu irmão —,
                                  eis que o encontro
                                  [nunca acontecia,
porque o trabalho de Mateus
                        o levava
                        [invariavelmente a outras
e remotas
cidades.
E mesmo tendo batizado o filho de Marcos
— o menino logo atingiria a idade
de fazer outros meninos —,
Mateus quase não o via,
um abraço por ano,
                      no dia de seu aniversário ou
                                [no Natal,
ele era do mundo,

           o seu tempo era lá, não aqui,
nuvem ao alto,
sobre a terra.
Mas, como o mundo o dispensasse por um dia
para cuidar de algo íntimo,
              como se à nuvem
                      [chegasse
a hora de retornar a sua água-solo,
eis que, do nada,
há pouco,
Mateus telefonara ao irmão,
                 e fizera a singela
                      [pergunta,
se podia visitá-lo,
e, claro,
Marcos dissera,
           feliz com o inesperado;
e, como era sábado,
           e o almoço já terminara,
que ele viesse logo,
           a tarde vigorava, ensolarada,
assim teriam tempo
— mais do que, talvez, qualquer tempo
partilhado nos últimos anos —,
e, então, o fiapo de alegria
que nascia com o telefonema do irmão

iria se tornar fio espesso,
se bem que em outras tantas
                    e inumeráveis ocasiões,
Mateus prometera o mesmo,
Marcos e o menino tinham ficado à sua espera,
a mulher assara um bolo
(certa vez, até fizera feijoada,
prato predileto de Mateus,
                    ao menos o era no passado,
quando o tinham perto dos olhos),
e, subitamente,
                    horas antes,
às vezes minutos,
Mateus ligava,
desmarcando,
                    surgira lá uma urgência
                        um motivo maior para desistir,
e de novo a ausência,
a família só consigo,
sem o irmão, o tio, o cunhado,
a tecer, no desejo, outra oportunidade,
o céu, bonito, sendo céu
                    (mas sem nuvem).
Dessa vez, como das outras,
ele dissera — até garantira —
já estava a caminho,

e essa era a vez,
que então aconteceria,
não as anteriores,
esquecidas,
             ainda que
                        cada fímbria do universo,
sinalizasse que seria igual
                        ao que sempre fora,
a sua promessa,
e, em seguida,
               a inevitável negação;
essa era a vez,
a certeira,
e Marcos,
não sabe por que fé
ou desejo,
           sentia que, de fato,
Mateus estava vindo,
e pediu à mulher
que comprasse o necessário
                           para um lanche farto,
o que ela fez de bom grado,
e o menino, sabendo da notícia,
se encheu de esperança,
                        gostava do tio
— porque gostamos de quem, longe,

às vezes, nem se lembra de nós,
ou porque gostamos de quem,
ao nosso lado, está todos os dias —,
a ponto de os três
se acharem, de repente, felizes,
Mateus, finalmente, viria,
tantas haviam sido as chances goradas,
e, agora, esse era o dia.
— Então vamos a ele!,
pensou Marcos,
     e foi vivê-lo, no seu normal,
se é que, dentro desse dia,
cabiam, entre as coisas de toda hora,
     aquelas à espera de um irmão
tão desgarrado
(embora tão dentro)
à beira de chegar,
em meio à tarde
     ou ao fim dela.
Essencial era que chegasse
     para provar do pão crocante,
o queijo entre as duas fatias
     a recheá-lo,
formando o sanduíche
que podia ser insosso,
     como podia ser delicioso

se provado junto a gente querida,
(o mesmo, ainda que mesmo seja, tem mil sabores)
e também para beber o café
                        que a mulher coaria
                                [somente
quando ele, Mateus, estivesse à mesa,
                              a conversa
                                [entre todos
já em progresso.
E, assim, seguiu-se o tempo,
Marcos, a mulher e o menino
com ele em mente,
enquanto faziam lá as suas coisas,
afinal estavam em casa
não apenas na expectativa,
                        para viver o que lhes
                              [cabia,
porque, às vezes, viver é justamente não esperar,
fazer o que se pode
para não deixar o tempo passar em vão
— embora o tempo se infiltre
                        em qualquer vão,
o tempo é igual
            água de nuvem,
                      em tudo penetra,

fundo
e silencioso.
Marcos foi guardar
              uns papéis espalhados pela sala,
afofar as almofadas do sofá
para que o irmão notasse a ordem da casa
e dela se beneficiasse;
a mulher foi recolher umas roupas do varal,
e o menino
(que já tinha separado um game novo
para mostrar ao tio)
              se entretinha com outros
                          [brinquedos,
e, assim, estavam vivendo seu dia,
convictos de que, logo mais,
Mateus chegaria,
e, então, iriam desfrutar de sua companhia,
sem fingir que o esperavam,
não só naquele dia,
              mas em tantos outros
                          inumeráveis dias,
sendo, enfim, esta a verdade:
eles juntos num entardecer,
quase um milagre,
              depois de tantas tentativas,

o mundo (ou Mateus) permitindo
que o encontro se realizasse.
E, quando o sol cedia espaço
para as sombras suaves da tarde,
Marcos foi à janela,
queria ver dali a chegada do irmão,
— um carro àquela hora
estacionava em frente à casa.
O menino o seguiu,
              o queixo apoiado ao parapeito,
a ver uma parte mínima do lá fora,
                      não era o carro
                            [do tio,
ele sabia.
Então, o telefone tocou.
No visor do celular,
Marcos viu acender
            o número do irmão.
O telefone tocou outra vez.
Antes de atender,
Marcos, que mirava o céu,
viu uma nuvem,
            e pensou em Mateus,
enquanto ela
(o menino também a via)
                  se afastava

lentamente
          com o vento
                        para bem longe
dali.

Presentes

As amigas chegaram ao abrir da tarde, algumas antes das quatro, horário marcado para o encontro, no qual haveriam de se esquecer das ruas rumorosas sob o sol lá fora, tão logo começassem a conversar sobre suas vidas — e, em especial, sobre seus filhos que, então, momento raro, estariam aos cuidados dos pais. Era uma reunião unicamente de mulheres. E, uma vez juntas, haveriam de esquecer que o destino lhes concedia mais um sábado neste mundo, e que a cidade, alheia à existência delas, funcionava sem a febre dos dias comuns.

Vinham sem suspeitar dos desígnios que o universo lhes preparava, desfrutando, como se podia notar em cada rosto, a satisfação de rever, de uma só vez, pessoas queridas e, sobretudo, partilhar com ela — a dona da casa, grávida de seis meses — a sabedoria que haviam adquirido, subitamente, ao se tornarem mães.

Traziam oferendas para a ocasião — nada de ouro, incenso e mirra, mas chocolate, roupa e brinquedos, que, saindo dos pacotes, produziam, entre elas, sorrisos sinceros e comentários vívidos. Eram os esperados efeitos de uma súbita alegria, que as irmanava com a chegada, em breve, de um bebê.

E se havia na casa, acima da toalha rendada da mesa da sala de jantar, as cumbucas com salgado, os tabuleiros de doce e o bolo em forma de coração, para que todas celebrassem, com ou sem fome, a nova vida, sobre a pia da cozinha, as laranjas, as bananas e as maçãs na fruteira — deixada a um canto, onde ninguém a percebia — exalavam o forte aroma do que segue, lentamente, para a morte.

As amigas estavam ali por ela, para admirar o seu ventre, embora também estivessem por si mesmas, já que, algumas, tendo havia muito ou pouco atravessado a maternidade, reviviam, no íntimo, a própria gravidez; e, outras, diante daquela vida dentro da vida, projetavam seu pensamento para um futuro no qual, igualmente, atingiriam essa condição.

E como se dava em tais encontros, cada uma contou, entre as conversas que variaram dos assuntos sérios aos frívolos, a sua experiência como gestante, o seu dolorido aprendizado, as suas angústias (felizmente ultrapassadas), trazendo para ela, que as ouvia atentamente, ora certezas, ora dúvidas.

As amigas sentadas nas cadeiras em círculo, num desarranjo provisório da sala de estar, narravam detalhes de seus partos, os primeiros dias de seus bebês, os grandes feitos de seus filhos, já crescidos. As amigas se recordavam da mãe que eram, ou se aprimoravam em ser, esquecidas de que também eram filhas, e que, antes delas, suas mães as haviam antecedido.

As amigas, naquela tarde, embora não fossem motivo de atenção, pois a ela cabia o protagonismo do instante, estavam ao seu redor mais para exibir seu conhecimento maternal do que, cientes da premência dos afetos naquele período de medo e esperança pela qual ela passava, levar-lhe a calma das boas companhias, ouvir os seus dilemas e provar da mais sublime das alegrias — aquela que não é só a de si, mas a que nos outros também se espraia.

As amigas ali, com ela, a dona de casa, humilde — e agradecida pela visita e pelos mimos. Apenas uma mulher, cercada de outras, a fabricar em silêncio o seu filho.

Como um filho não se faz sem um homem, logo as amigas desaguaram a falar de seus maridos, juntando, numa só algaravia, os dois eixos de suas vidas, que às vezes formavam uma cruz, às vezes um anteparo. E, enquanto elas ilustravam, com episódios cotidianos, a fidelidade de seu amor e a solidez de sua família, o tempo, soberano, dava ordens contrárias — não porque o quisesse, mas talvez porque elas mesmas, no fundo, o pedissem.

Assim, o marido de uma das amigas, meses depois, iria se separar dela e viver com essa, ali ao lado, no círculo das cadeiras. O casamento de outra, presente no chá de bebê, também desabaria. A filha de uma terceira amiga contrairia uma doença que abreviaria a sua juventude. E o filho daquela ao fundo da sala, anos à frente, contrariando o sonho da mãe, jamais se tornaria um vencedor.

Mas, por ora, nesse fim de tarde, nada sabiam do que a vida, à revelia, delineava para elas. A dona de casa as ouvia, entre sorrisos e suspiros, do mesmo modo, alheia ao futuro: enquanto gerava seu menino, ignorava que, em poucos anos, estaria se despedindo dele.

Negócios

A família estava à mesa do café da manhã quando tocaram a campainha da casa. A mãe, habituada a não atrasar o mundo, levantou-se e foi atender. Logo retornou à cozinha e confidenciou algo no ouvido do marido. Ele comia o pão silenciosamente, admirando a risca de sol que se insinuava, como um animal temeroso, pela porta dos fundos, aberta para que o vento entrasse e dele também todos se servissem, como o leite e a manteiga. *Estão aí dois oficiais de justiça...*, a mulher disse, baixinho.

E se os dois filhos, menores, não prestaram atenção, o mais velho escutou as palavras dela e viu uma sombra passar pelos olhos do pai, que, imediatamente, ergueu-se. A sombra se deslocou para o rosto da mulher, e, então, o pai disse, *Não se preocupe, volto já*, e seguiu com naturalidade para a sala, onde os oficiais o esperavam — incomum era ali aquele tipo de visita.

Mesmo que a mãe tentasse segurar os filhos na cozinha, ao ouvir a voz do pai e dos oficiais, eles acorrem à sala, a tempo de ver o grupo sair pelo portão e entrar no carro. Os pequenos sorriram, orgulhosos, abanaram a mão para o pai, imaginavam que eram amigos dele; já o mais velho, preso à verdade, observava o carro se afastar, a sombra agora estava nele e buscava um canto definitivo para se fixar.

A mãe, num esforço que só ela sabia o quanto lhe custava, manteve-se serena, como se nada anormal tivesse acontecido naquela (e em qualquer outra) manhã de sua vida. Rebocou os filhos para a mesa e incentivou que tomassem o leite e comessem o pão. Vigiou seus gestos e alertou para que não se atrasassem, corriam o risco de perder a aula.

Enquanto comiam, obedecendo-a, os meninos se revezavam nas perguntas, fáceis de serem respondidas, já que aquela, incontornável, direcionada ao nervo da situação, o mais velho não fez, e não por receio, mas para se alhear da sombra que nele estacionara.

A mãe, com paciência, tentou convencê-los a se esquecer do ocorrido, não levá-lo adiante, nem comentá-lo com ninguém — era tão somente uma visita, e logo o pai estaria de volta.

E foi, de fato, o que aconteceu uma hora depois; os filhos não estavam mais ali, para conferir, apenas ela e o marido — e o sol, que subia do rodapé para as paredes da cozinha. Ele resumiu a conversa na delegacia: um dos fazendeiros, de quem comprara, meses antes, uma grande quantidade de sacas de milho, reclamava o seu imediato pagamento. Ela conhecia a honestidade de seu companheiro, a ojeriza a fazer dívidas, e se manteve em silêncio, não em posição de cobrança, mas na de quem está ali para lhe dar crédito. O marido explicou que, como a cotação do cereal desabara, ele ficou à espera de que o preço subisse para revendê-lo aos comerciantes com algum lucro, mas, nesse tempo, o milho apodreceu no depósito.

Os dois pensaram em várias soluções — pedir um empréstimo ao banco, solicitar prazo maior para o acerto de contas —, mas, àquela hora, nenhuma lhes pareceu uma saída definitiva, eram só frestas. Deixaram, então, para continuar a conversa à noite.

E, à noite, o menino mais velho estava lá para espreitá-los. Pela manhã, na escola, ele não tinha nos olhos a lousa e os cadernos que estavam à sua frente, mas o pai, ladeado pelos oficiais, entrando mansamente no carro. Mirava os colegas correndo no pátio e não ouvia os seus gritos de alegria, mas a voz da mãe sussurrando, *Estão aí dois oficiais de justiça...*

À tarde, soube por ela que o pai tinha ido apenas dar um depoimento no fórum; depois retornara a casa, pegara a caminhonete, saíra para o trabalho. A explicação da mãe o descontraiu, embora não o suficiente para lhe expulsar a sombra.

Enquanto fez as tarefas da escola e brincou com os irmãos no quintal, ele observou os passos da mãe, procurando em seus gestos indícios da angústia que também nele se instalara. Mas ela, que o havia gerado, e o conhecia como o fogo conhece suas chamas, ficou também de olho em seus movimentos, enquanto ocultava a própria inquietação.

Quando anoiteceu, o menino mais velho ouviu o motor da caminhonete e foi abrir o portão da garagem. Os irmãos, eufóricos, receberam o pai com abraços e perguntas, mas ele, igual à mãe, permaneceu quieto, como se prendendo com o pé a verdade que ameaçava avançar sobre a paz da família.

Com o escuro da noite a deslizar vagarosamente do céu para as ruas da cidade, a família se reuniu à mesa do jantar, depois que o pai tomou banho. Para o menino mais velho ele parecia exausto, como se gastasse todas as forças para lhes exibir o rosto sereno.

A mãe esquentava a comida nas panelas e, a seu chamado, todos se sentaram para comer — comer e conversar, era o que ali faziam, entre eles e em outras tantas casas pelo mundo. Os pais e os filhos trocaram comentários sobre variados assuntos, sobretudo os que estavam mais à mão, evitando aquele que os menores já haviam esquecido, mas não o mais velho.

Depois, dispersaram-se pela casa, cada um a fazer o que desejava com o seu tempo, até que chegou a hora de se recolherem. A mãe pôs os meninos menores para dormir, enquanto o pai a esperava para continuar a conversa da manhã — conversa que o mais velho queria ouvir; a sombra continuava nele como uma estaca.

Quando a casa estava às escuras, ele se levantou da cama, caminhou às apalpadelas pelo corredor, parou à porta do quarto do casal. Não devia agir daquela maneira, dissimulada, mas sentia que, ante a circunstância, se fosse descoberto, seria perdoado. Ouviu a conversa da manhã retomada pelos pais, a urgência para saldarem a dívida e a decisão de venderem a caminhonete.

Assim, o menino mais velho — que então eu era — descobriu como funciona o mundo dos negócios.

Vidente

não, eu nunca liguei pra este dom (ou maldição?) de antecipar os fatos, e, desde menino, foi, assim, incontrolável, eu lá, na normalidade do dia, quando, de repente, vinha a certeza, maciça feita uma coluna de concreto, eu sabia o que havia acontecido e com quem, e também os seus efeitos, por isso me inquieta o que estou sentindo agora, esse titubeio; mas, no começo, menos cético que temeroso, eu julgava ser um delírio ou, quando não, fruto do meu próprio desejo, desejo venal (por que não?), eu ali, tão seguro e, no entanto, ingênuo pra acreditar que a verdade nascia de minha imaginação e não do mundo lá fora, independentemente das forças contrárias, que tentavam (e sempre tentarão) represar o inevitável, o inevitável fluindo nas águas do impossível, espremido com violência entre as suas margens, e, no entanto, plácido — porque assim é o inevitável, um lago atrás do arvoredo, ao afastar as folhagens que o ocultam, eis que o teremos, pleno, à nossa frente —; eu era capaz até de ver a cena inteira, talhada pelo rude formão do destino, ou por sua delicada pena (que o destino calibra seu instrumento conforme a ferida a ser produzida), e, em muitos casos, eu via o todo, com nitidez insuportável, daí porque não compreendo a dúvida deste momento, eu via os detalhes no ato de seu próprio desvelamento, além das minúcias e suas consequências, e o que mais me afetava (e ainda me afeta!) não era, obviamente, assistir ao parto das boas notícias antes que elas viessem à luz pra todos, eu dissolvendo na língua a novidade (e degustando, sozinho, o seu travo), mas flagrar as doenças, de um instante pro outro, no rosto das pessoas, o mal em seus variados estágios, e elas ali, fazendo planos, sem imaginar que sua contagem regressiva começara; eu lembro do pai, meses atrás, sonhando com o réveillon no litoral, o seu atávico sonho (nunca realizado) de reunir a família no verão pra passarmos o Ano-Novo — que haveria de nascer onde o céu caía como uma foz sobre a superfície do mar —, e eu já sabendo que o enterraríamos antes do Natal, o pai, tão feliz na sua entrega aos preparativos, a tesoura na mão, a recortar os classificados de imóveis, ele e a mãe na escolha da praia no Guarujá, Pitangueiras ou Enseada?, os dois à beira de um júbilo que, irrevogavelmente, jamais experimentariam juntos, o pai, de posse da calculadora, somando as economias, e a mãe, como cúmplice, já a determinar em qual quarto eles dormiriam, e o outro, ao lado, reservariam pra mim e Luana, e a suíte, espaçosa, caberia à Marta, ao marido e ao bebê, e o pai, naquele então, ele inteiro sorria, ao chegar em casa com as caixas de cerveja e os fogos de artifício que ia comprando aos poucos, *Vai ser a festa da década*, ele vaticinava, e todos riam, menos eu, eu que já começava a sentir saudades dele e queria tanto lhe dizer umas coisas que, de certa forma, eu já havia dito com meus atos ao longo da vida, mas em certas ocasiões só as palavras, que nos impõem fronteiras e tentam margear os nossos sentimentos — e, contudo, sempre restará, entre nossos dedos, não mais que umas gotas, já evaporando —, só as palavras, com seu mel ou veneno, podem chegar aos recônditos da verdade, e, ao contrário, pra que o pai, e ninguém em casa, desconfiasse de nada, comecei a me afastar dele, antes que a sua morte consolidasse o nosso definitivo distanciamento; duplamente penosa é a convivência com alguém cuja hora exata da partida sabemos, e, pior, de que maneira recolherá a sua âncora deste mundo e a lançará rumo ao mistério; então, o que mais me dói, no seu máximo, é saber das perdas a caminho, aquelas que ninguém da família supõe tão próximas, e, no entanto, já face a face com a gente, à espera da lenta substituição da lua pelo sol, para que a respiração, de súbito, arfante, seja substituída, rápida, pela rigidez do silêncio; porque, perto de qualquer um desses prenúncios, menor se torna a mais desmedida alegria, como foi (eu me recordo, de volta ao miolo do fato), quando, ainda garoto, descobri, semanas antes do Dia da Criança, que o pai estava numa loja negociando as bicicletas sonhadas por mim e por Marta, a minha Caloi verde-limão e a Monark Ceci de minha irmã, e maior que o meu contentamento ao ver, na nuvem de imagens dentro dos meus olhos, ele e a mãe escondendo-as na edícula pra que não as encontrássemos antes do tempo, maior era o contentamento do pai à mesa do almoço, ele, conservando, generoso, o seu segredo, amortecendo a vantagem de saber que, em breve, produziria imensa euforia em nós; não, nada, nem mesmo o prenúncio do paraíso perdido (enfim, reencontrado?), pode amenizar o impacto de se conhecer, com antecedência, a eclosão de uma dor, ainda que estejamos convictos de que as perdas são irremissíveis, a consciência de sua iminência nos leva a um estado de irrealidade, pelo menos assim acontece comigo, como se eu estivesse fora do maquinismo do universo, observando-o, alheado, à distância; sim, estar a um grau de compreensão acima dos demais só nos traz angústia, ainda que o fato (já consumado) seja para o júbilo de todos, não se pode contá-lo à revelia, sem alterar a configuração das horas, secreto é o seu peso (e a sua medida) em nossa existência; porque, se não fosse dessa forma, ninguém iria festejar quando Marta contou que trazia uma criança no ventre, a mãe diante dela não a teria abraçado, à força do inesperado, como o fez quando de sua anunciação, nem o pai teria sentido o orgulho se espalhar pelo seu rosto, depois que Marta disse, *Se for homem terá o seu nome*, e outros feitos felizes perderiam o seu impacto se antes soubéssemos que não eram apenas anseios, mas fios cortantes da realidade, tudo em sua hora, exceto pra mim, que recebo de antemão a chave dos eventos, *Toma*, me diz a providência, perversa providência, *Abra e descubra o que vem vindo*, e eu, no ato, já sei as suas decorrências; quando o primo André ganhou no sorteio aquele carro, eu, no ato, vislumbrei uma estrada encapsulada pela tempestade e o flagrei lá se estraçalhando contra um caminhão, e quando Marta chegou com o Pingo, tão miúdo, mal latia naquela caixa de sapato, eu vi quanta felicidade ele ia produzir no menino, e também vi o dia em que ela sairia de casa, sem fechar direito o portãozinho, e o Pingo escaparia pra nunca mais voltar, e eu a deixei acreditar que ele fugira por uma fresta da grade, onde as plantas rareavam, a explicação que, como consolo, ela mesma se dera; não, eu nunca errei, a verdade sempre se entregou, transparente, a mim, por isso não sei de onde vem essa névoa e por que, de súbito, tudo se tornou inexplicavelmente pálido, é como se perdesse esse poder (poder?) do qual tantas vezes eu quis me despojar, e, agora, me sinto à deriva, sem o privilégio de captar os fatos em seu nascedouro, embora esteja certo de que alguém vai partir, pela primeira vez eu ignoro quem é e como será o seu fim, rastros se embaralham em meu olhar, eu vejo algo se arvorando lá adiante, mas não consigo distinguir as suas formas — a vida, sob a arquitetura do instante? —, talvez esse borrão seja inerente à vista de todos e só nesse momento eu o perceba, não imaginava que desconhecer fosse tão arriscado quanto libertador; mas, eis que, milagre, readquiro minha antiga vidência, posso discernir o rosto da mãe, será a mãe?, será a mãe que irá embora?, e de que maneira?, eu sempre vi qual página do catálogo do fim foi aberta, e agora não, agora eu apenas sinto uma súbita saudade da mãe, e, estranhamente, ela é substituída pelo sorriso de Marta, não, não pode ser você, Marta, tão jovem, minha irmã, é cedo demais pra você ir, Marta, você se casou há pouco tempo, o menino nem completou um ano, o menino, é ele quem me aparece agora, será ele, meu Deus?, não, não pode ser, me sinto confuso, já não sei quem será, eu que até ontem tinha certeza visceral, eu experimento um forte torpor, e agora eu te vejo diante de mim, Luana, com a roupa que você vestia naquela festa, quando tudo começou entre nós, será que é você?, será que vão te levar, justo agora que eu, terra seca, encontrei suas águas abundantes?; uma fisgada no peito, agora acho que sei o que está acontecendo, me sinto repentinamente fraco, desabo na cadeira, um líquido escorre do meu nariz, a tontura aumenta, o mundo está girando, eu vejo o rosto de muita gente, quem será?, passo a língua sobre o lábio e sinto o gosto de sangue, e, então, eu entendo, eu entendo, tantas perdas de uma só vez, todas essas pessoas queridas, claro, não é nenhuma delas, sou eu, sou eu que estou indo embora

Últimas

Fazia tempo que os dois não se viam: ele morava na pequena cidade, e o filho, na grande, que um dia também fora a sua, do pai.

E como pai, depois que a mulher morrera, ele vivia só e compreendia que assim era — esta, umas das mais comuns configurações da vida:

os filhos, em criança, giravam ao redor dos maiores; depois, desgrudavam de sua órbita e iam, também, fundar seu próprio mundo.

Acontecera com ele décadas atrás. Não engordara os bolsos na cidade grande, mas trouxera de lá, mais leve sobre os ombros, o peso de algumas verdades.

Cabia agora ao filho mover a sua roda, e se não era a roda da fortuna, tampouco era a da pobreza. Na média é que ele estava, avançando na profissão, um carro na garagem e a companheira — com quem planejava se casar, tanto que já comprara um apartamento de dois quartos (em verdade, havia dado só a entrada).

Mas, embora vivessem longe um do outro, e com os pés em estações distintas da vida,

falavam-se sempre ao telefone

— pela voz do filho, o pai sabia tudo o que se passava — se naquele dia o sol nascera mais cedo nele, ou se ele fazia escuro desde que acordara.

Aliás, quando o filho ligava pelo celular, o pai podia até adivinhar, atento aos ruídos de fundo, onde ele estava, e, assim, de olhos fechados, vê-lo com nitidez, como numa cena ao vivo, igual à época em que o via, menino, à sua frente, deitado no sofá com a cabeça sobre os joelhos da mãe, ou correndo pela casa, o cachorro a latir em seu encalço.

Eram conversas simples, sem originalidade, regidas pela lei da convivência entre pai e filho que se gostam, seja aqui ou em qualquer outro lugar,

Alô, filho?
Pai?
Tudo bem?
Tudo, e você?
Tudo!
Algum problema, pai?
Não, filho.

Não, mesmo?
tão corriqueiras eram as palavras usadas por ambos,
tão repetidas mundo afora,
e, se traduzidas por dentro, diriam,
Filho!
Pai!
Saudades!
Eu também.
Sinto a sua falta, filho.
E eu a sua, pai.
Quando você vem?
Estou indo.
Em meio a essas conversas, os dois se revezavam nas notícias, cada um a contar aquelas, de seu lado, que supunha interessarem ao outro, e, se não interessavam diretamente, ainda valiam, porque, ouvindo-as, esse podia dimensionar as fronteiras que envolviam aquele, e, assim, acalmar-se ou se condoer:

Está chovendo muito por aqui, pai; O apartamento vai ficar pronto no mês que vem; Peguei uma gripe forte, mas já melhorei.

Aqui também tem chovido sem parar, filho; Aquele seu amigo virou prefeito da cidade; Vai ter rodeio no fim de semana.

Assim, à distância, sem que se vissem face a face, sem que se tocassem (ainda que através de olhares), mantinham-se próximos; o pai, muito além do filho, sabia que só podem ser próximos aqueles que partilham do mesmo instante.

Também sabia — lição tatuada na memória — que dois seres, uma vez juntos lá nas suas (mesmas) fundações, por maior a quilometragem que os separasse,

jamais estariam,

de fato,

distantes.

Mas fazia tempo que eles não se viam. E, naquele sábado, quando o telefone tocou cedo, a manhã mal saíra de suas dobras, o pai, que voltava da rua, surpreendeu-se ao ouvir o filho,

— ele só ligava à noite —,

Pai?

Filho!

Tudo bem?

Tudo! Aconteceu alguma coisa?

Não, liguei só pra avisar...

— no timbre da voz se revelava a boa nova —,

... estou indo pra te ver...,

e o pai, sem que fosse preciso perguntar,

Quando?,

saboreou, com gosto, o melhor da notícia,
Agora!,
mais do que o pão, quente e crocante, que havia pouco ele comera com manteiga.

E, ainda, pelo burburinho ao fundo, sabia que o filho estava
no Mercado Municipal,
Já comprei aquelas ervas pra você!
Não precisava...
Quer mais alguma coisa, pai?
Não, nada.
Nada mesmo?
Nada.
Então, já estou indo.
Cuidado na estrada.
Não se preocupe.
Boa viagem, filho!
Até já, pai!

Desligou o telefone e sorriu, só para si. O dia, dali em diante, seria outro, maior; a alegria já despontava, sem pressa, e era bom que se abrisse nesse ritmo, para que ele estivesse apto a recebê-la quando se revelasse inteira, coincidindo com a chegada do filho,

ele saindo do carro, o olhar curioso de sempre,
(como se estivesse chegado à vida naquela hora)

a buscar as diferenças nas ruas, nas casas, no rosto do pai — em tudo que ali era, aparentemente, imutável.

Então, enquanto o filho

(não lhe importava se eram muitos ou poucos os seus prodígios)

pegara a estrada e vencia os quilômetros que os separavam, o pai ia cuidar de umas tarefas cotidianas, embora, dessa vez, tanto se via na iminência de estar de novo com o filho — coisa impossível minutos atrás —, que se sentia já vivendo o próprio fato, os dois conversando na varanda ou na cozinha, retornando, aos poucos, um para o outro.

Calculando a duração da viagem, o pai se deu conta de que o filho chegaria para o almoço, não na hora exata, mas certamente a margeá-la. Demorou para ligar a ele, não queria lhe tirar a atenção do caminho, mas seria rápido, meia dúzia de palavras — e não precisaria mais pensar no assunto.

Alô!
Filho? Desculpe ligar...
Pode falar, pai. Não tem problema.
Você chega pro almoço, não é?
Acho que sim. Por quê?
Preciso comprar comida.
Não se preocupe, a gente come qualquer coisa...

Que tal a feijoada da Dona Ana?
Ótimo!
Eu compro pra comermos aqui ou vamos lá?
Pode ser lá, pai. Assim não te dá trabalho...
Certo.

O pai continuou ali, a fazer o que fazia aos sábados, mas sem se entregar, plenamente, àquelas demandas; agia como se estivesse na superfície delas, a mente e o corpo saltando do agora e se movendo, mais à vontade, para o daqui a pouco. E, do outro lado, o filho vinha no bom do caminho, e foi ele, duas horas depois, quem telefonou para dar ao pai a segunda notícia, imprevista, do dia:

O que foi, filho?
Vou atrasar, pai! Tem obra na pista.
E onde você está?
No posto Castelo.
Não tem problema.
Já era pra eu ter chegado.
Essas coisas acontecem, filho.
Bem, falta pouco. Agora, o caminho está livre...
Então até já.
Até já!

O pai foi novamente domar a ansiedade. O atraso aumentava nele a fome do reencontro.

Logo viria a notícia, a última, e não pela voz do filho — mas pela sua própria presença em frente da casa, fechando a porta do carro, cujo som atraiu o pai à janela. Sorriram um para o outro e, então, sem mais nenhum fato a temer, deu-se, só para eles, sob o sol e o silêncio, o agora.

ESTA OBRA FOI COMPOSTA PELA ABREU'S SYSTEM EM ADOBE GARAMOND
E IMPRESSA EM OFSETE PELA GEOGRÁFICA SOBRE PAPEL PÓLEN BOLD
DA SUZANO S.A. PARA A EDITORA SCHWARCZ EM ABRIL DE 2021

A marca FSC® é a garantia de que a madeira utilizada
na fabricação do papel deste livro provém de florestas
que foram gerenciadas de maneira ambientalmente
correta, socialmente justa e economicamente viável,
além de outras fontes de origem controlada.